JN329330

Théâtre contemporain de langue française

Hélène Cixous

La Ville parjure
ou le réveil des Érinyes

エレーヌ・シクスー

偽証の都市、あるいは復讐の女神たちの甦り

訳＝高橋信良・佐伯隆幸

コレクション 現代フランス語圏演劇

03

日仏演劇協会・編

れんが書房新社

Hélène CIXOUS: *LA VILLE PARJURE OU LE REVEIL DES ERINYES*,
©Théâtre du Soleil,1994
This book is published in Japan by arrangement with Théâtre
du Soleil, through le Bureau des Copyrights Français, Tokyo.

本書は下記の諸機関・組織の企画および協力を得て出版されました。

企画：アンスティチュ・フランセ東京（旧東京日仏学院）
協力：アンスティチュ・フランセ パリ本部
SACD（劇作家・演劇音楽家協会）

Cette collection *Théâtre contemporain de langue française* est le fruit d'une collaboration
avec l'Institut français du Japon-Tokyo, sous la direction éditoriale
de l'Association franco-japonaise de théâtre et de l'IFJT

INSTITUT FRANÇAIS SACD la culture avec la copie privée

Collection publiée grâce à l'aide de l'Institut français et de la SACD
本書はアンスティチュ・フランセ パリ本部の出版助成プログラムを受けています。
Cet ouvrage a bénéficié du soutien des Programmes d'aide à la publication de l'Institut français

劇作品の上演には作家もしくは権利保持者に事前に許可を得て下さい。稽古に入る前
にSACD（劇作家・演劇音楽家協会）の日本における窓口である㈱フランス著作権事務
所：TEL（03）5840-8871／FAX（03）5840-8872に上演許可の申請をして下さい。

われわれの悪しき血

《血は〔……〕、いったん地上に流されると、
もとへと遡らせることはしごく難しい、ポポイ！
地面にまき散らされた血は消え失せてしまう！》
（アイスキュロス『復讐の女神たち』二六一〜三行）

流された血がもとに戻ることはない。不可逆なのだ、殺人によってあたりかまわずこぼされた血の流出は。アイスキュロスが歌い、告発していたのはこの不可逆性である。

犠牲者にとって可逆的ではない。殺害者にとっても消すことはできない。だめなのだ、アラビアの香水すべてを使っても、殺した者の小さな手をなめらかにすることなどできはしない。マクベスの両の手は絶対に清められることはないだろう。今日でもなお、その手は無垢な者の血の匂いを放っている。

身をさいなむように不安な運命の赤い淵辺で、すべての詩人たちは去りゆく命を引きとどめようとかがみ込むが、なす術をもたず、みな、悲劇的な恐ろしさの糸が時代時代に流れていくのを見つめていた。かれら、人間が都市《シテ》とともに張本人となった血まみれの虐殺に身の毛もよだつほど魅了されたアイスキュロス、シェイクスピア、バルザック、ユゴーらが憤激した頌歌の呻きを

あげているのを聞くとよい。通りという通りで、わたしたちは赤い泥のなかに足首まではまり込んでしまう。

血は、凍りもするごとく、煮えたぎり、ぐるぐるまわり、頭に昇り、溢れだし、黒くもなる。わたしたちはこう考えている、血とは、実体的な魂であり、わたしたちの内的な郷里を一周する生の根源であり、隠されたままでなければならぬが、他人に奪われることもありうるわたしたちの領分なのだと。

宗教的特性を有する血、値《あたい》がつくもの、儀礼によって生贄台上にこぼされて、犯罪《クリム》〔人間に対する罪〕と罪《ペシエ》〔神に対する過ち〕とを贖う権能＝力をもったもの。

かつては純粋と呼ばれ、また高貴〔青い〕とも称され、嘘をつくことのありえなかった血、その境界内に保っておかなければならず、混ぜてはならなかった血。

今日の血はいまや、いつだって変色してしまい、色を塗りかえられ、悪しき考えと忌まわしい記憶の担い手だ。ひとは《血筋》という、われわれにとって不幸なことに、これこそが人種差別の最初の言葉なのである。

哀れなる血よ、おまえの表象はわたしたちの世紀の最悪の妄想《ファンタスム》と通じているのだ。ひとは《血》という、するとたちまち、それは《感染した》という語、生命の古い言葉に膠着してしまう。一方で、血液とは伝染源であり、血液は汚染しうるものであり、汚染されるものである。血を介して、わたしたちの残虐な愛と憎しみが野生のまま運ばれるのだ。ある種の血は、前もって憎むべきものと宣告されている、それらは高貴な民族の血を穢す可能性があるからだ。そうして、尊い液体の歴史を飾り立てるべく、血液を通していまわたしたちのもとへ、〈エイズ〉という災禍がやってきた。

ここでわたしたちは、さる某氏が〈エイズ〉をユダヤ人に結びつけたことを想起する。知られているように、〈エイズ〉感染への恐怖とはユダヤ人を排斥するような反応である。血の純潔の神話に触れるもの。「エイズ」、ユダヤ人、黒人……人々は、交配《クロワズマン》に対する十字軍《クロワザード》にご出発というわけだ。各人に固有の血あり!! 血液から血液への感染の恐怖はなんと広範囲に分布し、かつまた油断のならないものであることか!

ところが反対に、同じ恐怖をもつ者たちは、魂が悪い例や悪しき交際によって感染を受けることにはそんなに怖れを抱きはしない。精神上のペストにはそれほどの用心は払わないのだ。こんな方々はいくらでもみられる、かれらは、自分たちが夢中になった毒薬——わたしがいっているのは金と権力のことだ——への性癖に急き立てられてかれらの野心にとって麻薬となる料理がふんだんに出される宴会場へとひしめいている。

しかし、これらの宮殿のカーテンの裏側には饐えた臭いが漂っている——みなさんにはその匂いがお分かりだろうか? これが《王国の腐敗》というやつである。かつてデンマーク王国に匂っていた腐臭〔むろん『ハムレット』が参照系である〕。こうした悪臭、それはひとつの叫びである。この叫びこそ、われわれの戯曲で幾多の登場人物たちを目覚めさせてしまったものだ。かれらの一部、たとえば「復讐の女神たち《エリニュエス》」はこの五千年間地の底で眠っていたし、ほかにはわずか一週間前に目を覚ました者たちもいる。恐怖の、警告の、憤激の叫び。

わたしたちはその証人である。ひとは何十年ものあいだに、数百万の人間を粉々に灰燼に帰すことができるし、そして、殺された者たちがしこたま詰まった地面が揺れたりはしない。数百万の叫びは聞こえないのだ。突如としてひとつの叫び声が沈黙する重たくて分厚い層を穿つその日まで。それはもしや、土をかぶせられたひとりの子供の叫び声だろうか? または、聞いたこともない不幸に打ちのめされた母親の叫び声だろうか？　けれど、それこそが鉄壁に生じた割れ目なのだ。

物語はこうである、ある日、子羊たちは心ならずも自分たちの羊飼いが狼であったことを知る。かれらは、傷つき、失血し、瀕死状態に陥る。なんだって、かれらの世話をしている者たちがかれらを殺したというのか？　そうではない⁉　いや、そうなのだ！　そんなことがだれに信じられよう？　犠牲者たちがひとり、またひとりと息を引きとっていくのを見ているわたしたち自身、そのわたしたちが怖れと驚愕をもって最悪のケースを想像せざるをえないのである。殺戮者である羊飼いという事態。

そして、考えられもしないこの犯罪はどのように、またなぜ行われたのか？　とりわけ、誇らしく先進的な、そこでの流行たるや一日中《倫理》という言葉を繰り返すことにあるわたしたちの国において？

それに、もしもこの恐ろしく、極悪非道な犯罪がわたしたちの時代から生まれたのだとしたならば？　まさしくわたしたち自身のときのからみ合った数々の不正や不正義から生じたのだとしたなら？　これは王国の新たな病いの徴候ではなかろうか？

アラビアのすべての香水を使っても、血に穢れた白い手はなめらかにはならない。とはいえ、わたしたちの揺るぎないいくつかの王国においては、一定の連中がおそらくは嗅覚神経を痺れ殺す手だてをこしらえ出してしまったのだ。

しかしながら、これは一編の寓話ではない。

エレーヌ・シクスー

偽証の都市、　あるいは復讐の女神たちの甦り

この作品は一九九二年一二月から一九九三年九月にかけて執筆されたものである。

ストーリー中の出来事は紀元前三五〇〇年から一九九三年の間に起こったことである。その後、実社会でも、同じようなことが起こっている。

つまり、「演劇」の言葉というものは、今、ここで発話されるものであるとともに、時間を越えて発話されるものであり、そもそも予言的なものなのである。

登場人物（登場順）

母親
アイスキュロス、墓守
ブラックマン先生（弁護士）
マルゲール先生（弁護士）
夜
合唱隊
ダニエル・エゼキエルと
　バンジャマン・エゼキエル（子供）
復讐の女神たち
テッサロニケ
ラガドゥー
X1
X2
国王
王妃
守衛
大臣
整備係
フォルツァ
隊長さん
アベル
削除された者
コルニュ＝マキシム教授
アンセルム教授
ベルティエ医師
ジュモー医師
リオン教授
ブリュラール医師

★文中の〔　〕および＊印は訳注。

第1場

墓地

（母親登場）

母親　今日こそお別れよ、呪われた都市《まち》、
残忍な蛇どもがうようよいる要塞、
もう二度と戻らない。
急いで行ってしまうけど、おまえから逃げるわけじゃない、凶暴な者たちが集まった社
会よ。
違う！　捨てるのはわたしのほう
この母親は、飛び出すことで、おまえに立ち向かう。
聞け、子供らを喰らい、わたしたちの信頼を踏みにじる者、
耳が聞こえないふりをする者よ、冷酷な顔に力一杯怒りをぶちまけてやる。
わたしという、一人の女がおまえを切り裂くのだ！
叫んでやる「卑怯者！　下司野郎！」

金が混ざった分厚いヘドロが
ご丁寧にびっしり覆ったおまえの耳に向かって。
風穴を開けてやる！　立ち去る前に、おまえの正面に最後の一瞥を呉れてやる
おまえのことを骨の髄まで知ってしまった
女の憎しみのまなざしを。
おまえのなかには何もない
健やかな臓器すらない
いずれにしたって腐敗しはじめているのだから。
その鼻を突く悪臭は末代にまで襲いかかるだろう。
この女は歯に着せる衣はもっていないのだ。
わたしにだってインスピレーションがないわけじゃないのよ、ええ！
わたしを駆り立てるのはおまえの途方もなく汚らわしい言葉さ
わたしの叫び声より遙かに大きいおまえの喚きの言葉さ。
わたしにだっておまえを呪う言葉くらいある、
高名な医者たちにとり憑かれてしまった「王国」よ、
奴らは白衣を着たオオカミだ。
おとなしく「病院＝首都」に閉じこもっていなさい、
口を閉じて黙っていなさい
さもないと、おまえの舌が

巨大な嘘のモニュメントのように
都市《まち》のなかに毒をもってそそり立ち、
感染するおまえ自身の鼻汁を飲み込むことになる。
一体わたしは何を言っているの？　「王国」？　これが？
違う！　おまえは巨大な屠殺場でしかない
そこを管理するのは、ご立派な、とてもご立派な貪欲な者たち、
かなりの高等教育を受けた残忍な集団。
今はよく知っているけど、遅すぎた
おまえの刃《やいば》から我が子を守れなかった。
長い間放置してしまったわたしに災いあれ
ああ、むごたらしく長い期間、子羊たちはおまえの監視下にあった。
ああ、あの子たちをおまえのところに連れて行ったのはこのわたし
素直なあの子たちは、襟をきちんと出し、巻き毛をなでつけ、まん丸な目をしていた。
子供をよろしくお願いします、とわたしは死刑執行人にお願いした
みずから猛獣に当てがい扶持をしてやり
かれらにお礼まで言ったのです。
わたしにはもう手遅れですが、あなたにはまだ手遅れじゃない
あなたも、あなたたちも。
気をつけなさい、憎しみをもたない女性たち、警戒心のない親たち、

悪意に汚されていない子供たち、
見た目に騙されちゃだめ!
警告します、あなたたちが住んでいるこの国には
想像しがたいほどたくさんの種類の人間がいます。
友だちがもっとも危険な敵となるのです。
主権は獣たちにある。
ねえ、お母さんたち!　根拠のない幸運からまだ子供たちを奪われていないと思っているお母さんたち、
枕元で少しぐったりしているお母さんたち、
聞いているの?　誰もわたしのことを信じようとはしない!
ああ、神様!　わたしだって何も聞こうとはしなかった。
わたしのそばで一人の母親が打ちのめされて、
叫び声を上げたはずだけど、わたしは彼女を信じようとはしなかった。
どうして信じられたでしょう?
だからわたしも信じてもらえるわけがない。我が子は殺された!
食事だ!　医者が我が子を皿にのせる、
昔の話、お人好しの女のちょっとしたお話。
それは本当のこと。本当じゃない。誰が真実を話してくれる?
恨んでやる、凡庸な「国王」、

塵芥の骸《むくろ》を詰めた袋のおかげで、おまえは土くれとなった両の足で立っていられる、
揺るぎない平穏な流れに包まれて
子供の死体でふくれあがった
大河が続々と押し寄せても
おまえのひからびた目は何ひとつ映し出さないだろう。
恨んでやる、冠を被った消し炭色の猫、
おまえは、動揺し、ざわめく群衆の真ん中で
冷酷なまでに感覚を麻痺させている
恨んでやる、おまえを、冷淡で無表情の王を、そしてこいつも、
あいつも、冷たい陰鬱な王を、
どいつもこいつも同じように冷たくなって、怖いほど平静でいる、
動かない同業者たち、
無関心な態度を旨とする者たち。
恨んでやる、冷酷なものである腹黒い法律を、
世界の脅威を、
石のようになってしまった尊厳に対する恐るべき嵐、
慣れというものは、流す涙から焼けるような塩分を、
両の耳からは注意深さを、叫び声からは甲高い音色を奪ってしまう、
ソルディーノ〔弱音器〕！　ざらついて、生気がなく

声も発せず、のどは空っぽの卑怯者、
わたしが攻撃するのはおまえからだ、
生ぬるい吐息の滴りをそっとこぼす悪魔が
高く掲げられた警告のラッパに
そして天使たちのお告げを全部聞こえなくしてしまう。
どうかわたしが、城壁の外から反逆を告げるラッパとなれますように、
オオカミたちの耳には耐えられない響きとなって。
よし。これからどこで暮らしましょう?
子供を失った母親たちはどこに行ったのでしょう?

(墓守登場)

墓守 それじゃあ、本当に行ってしまうのか?
で、どこへ行く?

母親 わたし……　行きたいのは……　まだ分かりません。
死んだ我が子が呼んでいます、死んだ子供たちが。
死んだ魂のそばで暮らしたい。
愛する者たちのいるキャンプで暮らそうと思った
あなたの保護のもとに広がるこの住まいで。

墓守

死者たちの都の住処、
自然なはずです。そうですよね？
一方では、さよう、わたしのお客ということか、
おすすめできる快適なあなぐらがある。
粘土でできた住まいというのも
運命を受け入れない母親にはぴったりだ。
でももう一方では、おまえさんにこう言わねばならない、
知っているのか？　この墓地がつい最近までどれほど壮麗だったかを、
死者たちのなかでももっとも尊敬に値する者らが暮らし、
もっとも高貴な亡霊たちが出没し、
自由の信奉者の先頭に立つ大勢の者たちが無断占拠していたことを、
かれらは死の友、野外を好み、予言者の新兵たちだった、
さながら、人を欺く国家権力に従わない人間の誇りそのものであった、
そして今日、この墓地が容赦なく見捨てられたことを知っているのか？
というのもだ、このわれらの野営地に
朽ちかけた死刑台を押し立てた
腐りかけた堰が
天空のなか、胸を締めつけるような苦しみ軋む音を
昼となく夜となく、響かせるようになって以来、

この避難所に来る客はめっきり減ってしまった。忠告してやりたい……おい、聞こえたか？あの岩壁のきしむ音が？

母親　あれですか？　岩のなかで泣いているような音？無数の虫がうなっているようなものすごい音？

墓守　その音だ。これで考えは変わったな、当然だ。

母親　わたしが？　逆です。堰の叫び声はわたしを励ましてくれる。子供が墓のなかにいる母親にとって震えあがらせるものなんて、この世には何もない。この堰も、死も、わたしにはすべて同じことです。

墓守　それなら、この刺々しい都に歓迎しよう。道もなく、車もなく、激しい往来もない、ここでは、いまだ人の優しさという乳〔マクベス夫人の台詞 The milk of human kindness（『マクベス』第一幕第五場）のもじり〕に飢えた子羊たちが草をはんでいる、もう地の底に下りたというのに。周りを見てごらん。ここはこの世の彼方の世界。

母親　墓の石たちを住まいにして暮らすことは怖くないのか？
いいえ。
わたしが亡くした者たちに手を差しのべます。
もう一人ぼっちじゃない。もう離れ離れはおしまいよ。
墓守　じゃあ、入れ。くつろぐがいい。
母親　また希望がわいてきた！　いいえ、自信過剰の都市《まち》よ、
母親はおまえの数々の勝利にへし折られはしない。
おまえに何をしてやろうか
まだ何の考えも浮かばないけど、今に思い知る。
もう分かっていること、それは死者たちが
人が思っているほど死んではいないということ、
それに、鉄のように冷たく地上を動き回る連中が
地底で立ち上がる者たちよりはるかに死んでいるということ、
立ち上がった者たちは未来をひっくり返そうと真剣に考えている。

（足音）

墓守　シッ！　聞け！　ああ！　もうこっちに向かっている！　足音が聞こえるだろう？
探している！　調べている！　感づいた！　すぐだ！　追ってくるぞ！

母親　行け！　行け！　見えないところに隠れるんだ。
ほどなく向こうで落ち合おう。
わたしは下りる。
わたしが消え失せるなんて思いもよらないでしょうね。

（母親退場）

墓守　ことは早く進んでいる。風が苛立ち、
旗がばたついている。もう都市《まち》は慌てふためいている。
疑う余地はない、何人かが向こうに住んでいる、
あの高層マンションの連中、
奴らにはよく聞こえているんだ
母親の鬨《とき》の声が。

⁂

第2場

(ブラックマン先生とマルゲール先生登場)

ブラックマン 君、知らないか、エゼキエルの子供たちがどこにいるか?

墓守 天国にいると言う人もいるでしょう、その門が開かれているのなら。
わたしなら、子供たちはぐるぐる回っていると言うでしょう
海底の庭を、それか、あの翼をもったヘリコブタ〔古代人なので、正確に「ヘリコプター」と言えない〕のなかを……

ブラックマン 大した答えだ! わたしは墓のことを言ったんだ、当たり前だろう。

墓守 墓? ああ、それなら知りません。ご家族の方ですか?
どなたです?

ブラックマン お教えしよう。でも家族とは、母親か、彼女にもしかして会ったのか?
つまり、最近彼女が墓参りに来たのか?

墓守 そんなに詮索しないで下さい。わたしだって母親です
死がわたしに保護を任せたすべての者たちにとってはね。

ブラックマン 奇怪な母親だな。

墓守 それはそうと、その母親に何の用です?

マルゲール やった! ブラックマン先生! 見つけましたよ! 墓は
ここです! それについ最近母親が来た形跡もあります。花が切りとられている。

墓守　花はわたしです。
マルゲール　それにプチ＝ブール〔長方形のバタービスケット〕の箱もある。
墓守　それもわたしです。
マルゲール　それに香水の瓶。
ブラックマン　それで香水もあんたか？　聞いてくれ、誰だか知らんが、君……ええと……
墓守　アイスキュロス、墓守です。あなたは？
ブラックマン　アイスキュロス？　あのアイスキュロスか？
墓守　ええ。それであなたは？
マルゲール　ブラックマン先生です。
墓守　ブラックマン先生……
マルゲール　違う、わたしじゃない、かれだ。
ブラックマン　名前を聞いて何も思わないのか？
だって、何か月も前からずっと……
マルゲール　新聞ではこの同僚のことばかりが話題になっていて……
アイスキュロス　ああ！　でもあの若い著名人というか、あのとても偏屈な巨星はここでおしまいでしょ。
ブラックマン　戯れは沢山だ。まわりくどいことはやめよう。子供の母親がこの辺りにいることは確実だろ。
われわれがここまで来たと、彼女に伝えてくれ

マルゲール先生とわたしが直々に、
丸く収めようとしてのことだ。
わたしは経験豊富な人間だ
だから喪の悲しみの代価を分かっているし
十分な賠償の値段も承知している、
われわれにはまだまだ気前よく励ましてやるだけの用意がある
われわれに敬意を払うように教えてやった人物に対して……
アイスキュロス いくらだと言うおつもりですか？
ブラックマン すべては話し合いによるが、十二分にしてやれるはずだ。
マルゲール だがわれわれを引きとどめているのは
都市《まち》中に広まりはじめたあの噂です。
あのばかげた噂が……
アイスキュロス 何の噂です？
ブラックマン 至るところで噂しているが、われわれは信じちゃおらん、
あの女性は二人の子供の痛ましい死によって気がふれ、
突然、法の限界を超えてしまったというのだ、
法や理性や「正義」の限界を。
彼女は完全に身を潜めてしまい、
マフィアか、セクトか、分離主義者か、軍団か、地下組織か、軍隊か知らんが、何かの

一味に加わったらしい、
誰でも見境なく攻撃する連中の集まりで、
この墓地の奥深くでこっそりと集まっているとかいう。

アイスキュロス　本当にそう言われているのですか？　レジスタンスですか？

しかし誰と戦うのです？

ブラックマン　わたしの気の毒な依頼人とだ。

アイスキュロス　その人も、気の毒なのですか？

マルゲール　気の毒じゃないと誰が言えます？　かれの身になってみて下さい。

一人の人間で、立派な市民、医者、企業のトップ、社長、代議士、近いうちには立派な大臣、立派でも突然不幸になるものです。

話は知っているでしょう。

子供たちが死んだことは、悲惨だ、わたしもそう思います。

しかし、その原因がかれにあると言われている、わたしはそうは思いませんが。

子供たちはすでにその前から病気だったのです。でも、そのせいだとはわたしも言いません。

今は死んだという事実だけに絞りましょう。

われわれは子供たちを助けたかった。しかし結果はまったく逆になりました。

失ってしまったんです。

アイスキュロス　あなた方が失ってしまった……

ブラックマン　子供たちを。

マルゲール　その時、彼女は嬰児殺しとしてわれわれを告発しました。

アイスキュロス　母親が告発？　彼女は本当にそう思っているのですか？

あなた方が子供らを殺したと。

ブラックマン　わたしじゃない。依頼人だ。もちろんだ。

そして彼女はまったく譲歩しない。苦痛で錯乱しているとしても
われわれには衝撃だった。

不当な行為はエスカレートし、どんどん悪くなり
われわれにはどうしようもない。そうだ。われわれは今牢獄にいる。恥辱だ。

アイスキュロス　もっとたちが悪いかもしれない。

拘留には期限がある。

ブラックマン　まさにそのことなんだ！　わたしが昨日まで言ってきたのは。

人間というものは息をしている。いいか、そのかれが今や牢獄にいる、と言ってきたんだ。かれは息をしている。

われわれは恩知らずで、残酷な処罰など認めはしない、
人間は高貴なのだ。

ゲーテのように、人が好むのは、何よりもまず秩序である。

「不公平のほうが無秩序よりましだ」〔『マインツ攻囲』一八二二年刊〕。

この大混乱に終止符を打つには

不当な額を支払っても良いと思う。
もはや堪え忍び、やり過ごすしかない、ということだ。
それでも明日になれば、気が動転するようなこの出来事を
激しく揺さぶる風がおさまれば、
「歴史」は真の姿をとり戻し
そこからわれわれは永遠に続く物語をまた紡ぐことになる、と言おう。
まだ生々しすぎる光景を情念が極端にゆがめているが
物語はこの情念から解放されることになるだろう。
わたしはこの作業に専念するつもりでいる。
これが依頼主に話してきたことだ。

アイスキュロス　アーメン。

マルゲール　その時です、おぞましい噂が突然表沙汰になったのは。
あらゆる新聞が書き立てているのです。あの女が死にたがっている、と。
今彼女が口にしている言葉は、粉々にすること、喉をかききって殺すこと、切断すること、
肉体を引き裂くこと、耐えられないほどに男性機能を破壊することなんです。
喪の悲しみから女性たちがおかしくなり始めたばかりだとしても
彼女たちの思いつくことは
少しひどすぎやしませんか、そうでしょう？
死刑執行人はどこです？　被害者はどこ？

完全な無垢・潔白なんてものがどこにあるのです？

アイスキュロス　でも、そんな逆上の怒りを真に受けるのですか？

ブラックマン　もちろん、信じちゃいない。がしかし、誰が断言できる？
精神的に傷ついた女の痛みも結局は治まるなどと誰に言える？
われわれが必要とするのはものの限度だ。
エゼキエル夫人は度はずれたあやまちをやりかねないのだ。
だから、わたしはまず最初に彼女を弁護する。
われわれのほうには、何の義務もないが
犠牲者たちのことも考慮する
見境なく襲いかかった恐ろしい運命の犠牲者たちのことを。
われわれはみな苦しんでいる。何年も前からずっと。
台風によって国土が甚大な被害を被った時、
残りの家屋を破壊する必要がどこにある？
わたしの哲学はそれじゃない。わたしは復興に賛成する。
そして次に、わたしは国を弁護する。
この噂は非常に感染しやすい病気のようなものだ。
噂は野蛮な復讐心を掻き立てる
徹頭徹尾無責任な、残酷なイメージばかり恐ろしく膨らんで
道ばたや広場や地下鉄の駅を駆け巡り、

若者だけでなく、年配者たちの想像力まで煽り立て
そして、暗示や催眠、感情の高ぶりやありもしない幻影をとおして、
悪く考えることで、あらゆる種類のちょっとした反感が蔓延し、
それが深刻な暴動の前触れとなるのだ。
ちょっとした争い事はすでにどこの家庭にもある。
しかし、市民たちの不和は明日には大きな騒ぎとなるだろう
いろいろな学校の校庭で、
そして全員が激怒の木靴を履き、足踏みすることになる。
これこそ、この噂が引き起こすこと、
悪い見本ほどはやく広まるものはないのだからな。

アイスキュロス　悪い見本ほどはやく広まるものはないのだから。

ブラックマン　かくも美しく、かくも古き王国
それが死に至るほどの伝染病で危機に瀕している、その理由は何なのだ?
大したことではない。足に刺さった棘のようなものさ、
棘を抜こうじゃないか。もう十分泣いただろう。わたしが最初に止めてみせる。
あの女性には莫大な賠償をしてやる。
わたしの言うことを聞きなさい、度を超えた悲しみに耳を傾けてはいけない。
ほら吹きは復讐を望む
あとに残された親たちをそそのかす

子供たちが、亡霊となり、動き回って
われわれ生きている人間の知らぬ物陰でこっそりと。
この時代をかき乱しているこの長い物語、この長すぎる物語に冷静に対処すれば、
この物語は明日の朝、十一時に終わることになるだろう。
わたしはオフィスであの女性を待つ。彼女が来る。彼女はサインする。すべてを予告したぞ。
そして、すべてが忘れ去られるのだ。

アイスキュロス　いかなる痕跡もなく。

マルゲール　何もなく、です。新しい時代が始まるのです。

アイスキュロス　金銭的損失、時間の浪費、
考えるつらさ、子供たちの悲しみ、
殺人の罪、懲罰の苦しみ、それらの重なりを一まとめにして、すべてを焼却するわけですな？

マルゲール　一体何を言っているのです？

ブラックマン　一切合財、どちらの側でも、われわれは堪え忍んだ、
だから、みんなして忘れることこそが、良い解決策なのだ。

アイスキュロス　好きじゃないな、忘れることは。

ブラックマン　それは君の問題だ。でも、ちゃんと考えてみたまえ。
われわれの条件を拒めば、

この国から一掃することもできるのだぞ、
悪い血の元となっている者たちを。さらに言えば……
マルゲール　言わないで。上のほうからミシミシと変な音が聞こえる。
アイスキュロス　何でもありません。堰の腐った水音です。
マルゲール　さあ、行きましょう。墓地は嫌いです。
ブラックマン　もう一言……
アイスキュロス　日が暮れます。
すべての門を閉めなきゃならない
このみすぼらしい世界の門を。
ブラックマン　もう一言！
おまえたち、わたしのことを聞いているが、わたしには見えないすべての者たちよ、
穴や茂みや岩陰など、
あちこちにこっそりと身を潜めている者たちよ、
忠告しておく、これ以上とどまってはいけない、
すでに墓地とは呼べないところに、
何だか分からない場所に、社会にとり残され、崩れかけた岩山に。
アイスキュロス　何とまあ、聞くんじゃないぞ！
ブラックマン　いろんな連中が死者を敬う気持ちを利用して
反乱を起こそうと企んでいる。

アイスキュロス　さあ、旦那方、もう閉めますから……
マルゲール　本当だ、こんなにはやく暗くなるなんて、見たことがない。
ブラックマン　おまえたちにはこうも言いたいのだ、冥界の住人たちよ、
ここが発端となっている恥ずべき出来事
それは賢明な上院議員たちには目障りなこととなるだろう！
挑発はしない方がいいぞ！
アイスキュロス　「夜」です、旦那方！
ブラックマン　さあ、行こう。それじゃ、またすぐに、奥さん。
待っていますよ。必ず十一時に。
それと、わたしはすべてを話したわけじゃない！

（二人の弁護士退場）

⁂

第３場

（「夜」登場）

アイスキュロス　やっとお出ましか、「夜」よ、我が母よ、
あなたですよ、この果てしなさに終止符を打つのは。
できるだけ早くしたのよ、いつもより一時間も早く、
星もちりばめてないのよ。気がついたかい？
夜　それで奴らはおまえに何て言ったんだい？　あの二種類の声色のネズミども、
一匹は猫なで声で、もう一匹はがなり立てていたけど。
奴らを知っているような気がする、
もっぱら三つの理由から集められたんだよ、
当てこすり、表向き穏やかな脅迫、呪いをもたらす喋り方さ。
真実《まこと》と言い換える嘘、正義のなかに垂らされた毒、
法における黒い病原菌、花束のうちなる悪臭。
アイスキュロス　まったくそのとおり！　それが奴らだ。
奴らはこのわしのか弱い収容者の場に襲いかかったんだ。
どんな些細なことでも気に障れば、そこを爆撃してくる。
一匹のダニが眠りを妨げただけでも。
そして今し方、見ての通り、奴らは母親を捕まえたがっている。
もしそうなったら、その時は……
夜　その時は⁉

アイスキュロス　その時は、世界の終わりだ、ここでさえも、
わたしたちに残されているのは、あの母親だけなんだから。

夜　奴らは彼女を捕まえられないでしょう。
母親よ、今一度現われよ。

（母親再び登場）

母親　わたしはここです。

アイスキュロス　弁護士たちのことは聞こえたか？

母親　ええ、奴らにとり憑いてやるわ！
あの犬どもがわたしのことで画策するなら、きりきり舞いさせてやる、
それこそこの母親が望むささくれた喜び！
だから、奴らは、へとへとになって、体型だって崩れたこの女を怖がっているのね？
それに、あのレジスタンスの話なんて！
奴らはたった一人のわたしを一個師団のように思っているの？
こんなに小さくて、疲れ切っていて、昔の元気もまったくないわたしを、
裁判で見なかったのかしら？　負けたのはこのわたしなのに。
名誉を守るため、血を流し、若さを失い、
地位も居場所も、美しささえもなくしてしまった、

例外なく女がもつあらゆる幸福すら、
夫、友人、愛人、尊敬
その他諸々を失った、まるでペストにでもかかったかのように。
こんなことは、上流社会でなされることはないのよ、一人の女が！
昂然としていること、あまりにも尊大に、ずっとそうしすぎていたのね。
すっかり消耗し、燃え尽き、負債だけが残った。
すべては「真実」の代償を支払うため。
でも、わたしはまだ真実が現われるのを見たことがない。
アイスキュロス　でも今は、奴らだって変えたがっている
この物語の乱暴にすぎる流れを、
そして、可能な限り
おまえにお金で償いたい、と言っていた。
母親　償うですって！　違うわ！　奪うと言って！
アイスキュロス　奪うって、何を？
母親　わたしに残っているものよ、影、息、分からないけど。
「都市《まち》」から遠く離れ、ほとんど形跡は消えかかってはいても、あそこでは、わたしは
まだ少し余計者。
アイスキュロス　奴らがその気になれば、おまえを殺すことなど簡単だぞ。
奴らは猛り狂う、あれはまだ生きている、生きてわれわれのことを考えている、と！

母親　奴らはわたしに死んで欲しくはないのよ、だから埋葬されてはいないでしょう？
あの世と同じくらい遠い国
同じくらい後戻りできないこの国に。
違うわ！　奴らはわたしにお金を渡したいのよ、ええ、そうよ、
奴らお得意の現ナマという液体をわたしに注入したいんだわ、
ああ、何ておぞましい！　わたしの煮えたぎる鋼の魂に奴らの黄金色の魂を混ぜ込むつもりなんだ。
わたしは食事に招かれている。
見ていて下さい！　奴らはわたしにお給仕してくれる。食べろ、食べろ、そして忘れろ。
食べろ、そして俺たちのようになれ！
わたしが奴らのえさに食いつくかどうか、奴らにとってはまるでお祭り騒ぎ。
そこでわたしは雌豚となり、酒池肉林に耽り、
豚どもの盛大なもてなしを受ける、
そして豚鼻が生えてくる頃には、もう何も覚えてはいない。
過去のことだった、激怒し、母親の苦しみにさいなまれたのは、
いつも休みなく、何か笑いながら話すでしょうね、
口の周りはクリームだらけで、
いつもうつろな眼。そして奴らの信条にわたしを従わせることができたら、
その時こそ、奴らは枕を高くして眠れることでしょう！

でもわたしは、待ち合わせの場所へは行かない。
話があまりにもうますぎる。
わたしは食いつかない。この墓地にとどまって、奴らに投げつけてやる
わたしが考えていることを、奴らを責め立ててやる。
「夜」よ、わたしは奴らの窓から入り、
攻撃的な黒い雌羊の姿で、こう言ってやります。
「それで、わたしの子羊たちの肉は十分堪能したかい？
子供たちの血の煮込みはおいしかったかい？」
毎晩、毎晩。

夜　そんなこと、すぐに慣れてしまいますよ。

母親　嗚呼！　仰る通りです！　でもその時には、組織がある！
そうよ！　恨みをもった多くの者たちがいる、そしてわたしは密かに計画を練る、
傷を負わされた人たちを大勢集めて……
どう思いますか？

アイスキュロス　しかし、どうして受け入れないのだ？
いずれにしても弁護士たちは申し出ているんだぞ。
ちゃんと考えてみたのか？
おまえは嫌うが、お金がもらえるんだぞ。
しかも、さらに金額を上げてもいいとさえ言っている。

放り出されたら、叫ぶくせに、なびいてきたら、つばを吐く。
対立は一体いつ終わるのだ？

母親　では、かれらの肩をもつのですか？

アイスキュロス　自分の頑固さが嫌にならないか？
そのせいで、「市民」を動揺させている亀裂がもっと大きくなってゆくのに。
繁栄した国々を破滅に追いやったペストをいくつも見たことがある。
どれも、ちょっとした痛みが始まりだった。

母親　わたしがちょっとした痛みなのですか？
わたしがペストをもたらすのですか？

アイスキュロス　復讐の念に身を委せすぎていないか、
が、復讐はおまえの忠実な友となるだろうか？
復讐はおまえを先の先まで連れていってしまうのではないか？
極点へと、最後の一線を越えたところまで。
そこでは、血塗られた影がおまえの頭をとり巻く、
おまえはよろめき、足を踏みはずすが、
おまえをけしかけた味方はそこにはいない
そして、おまえはたった一人、冷酷無情な岸辺で倒れるのだ。
わたしの言うことが分かるか？

母親　復讐がどんな結果を招くかわたしが知らないと思いますか？

わたしはちゃんと知っています、最終的にどうなるかを
道は突然大きく曲がる
そして、すべてが逆転するでしょう。
死刑執行人がわたしの立場になり
わたしがかれの立場になる
聞こえます、自分たちが被害者だという圧制者たちの声が。
罪深き「過ち」が、その血塗られた爪で
わたしの肩にかじりつくことになる。
それはすべて承知しています。

アイスキュロス　よし。それなら奴らの申し出を呑むのだな？

母親　そう望んではいません、復讐も、卑劣なことも
あなたはそれを勧めますけど。
悲しくて、とても不安です。あなたは青ざめている。
そのあなたが賢明な人なら、わたしは興奮した赤になりたい
そうして人の目を恐怖で一杯にしてやるのです。

アイスキュロス　だったらはっきり言えばいい、おまえの血管を流れているのは
火なのか氷なのか？

母親　今わたしのなかにあるのは、怒りです
はらわたを駆け巡っていますが

その足どりは激昂した豹のよう、豹の心臓は攻撃の太鼓を打ち鳴らし、
その体がどんどん伸びて、大きくなっています。
そして、わたしの心のなかには崇められるべきなのに埋もれてしまった二つの言葉がある、
それは信義と真実です。
そこにこそ「神々」の名があるのです、「地上」はこの神々を追い払いましたが
わたしは崇めます、だから、わたしはもう行きます。

（合唱隊登場）


アイスキュロス　いや、いや。まだいろ。おまえの気持ちを確かめたかったのだ。許してくれ。

おまえが生きていられるなんて、にわかには信じがたかった。

信じてくれるか？　そう言ってくれるか？　わたしはおまえの味方だ!!!

わたしの手下どもに聞いてみろ。

われわれを試すがよい。何が欲しい？

母親　欲しい、欲しい、欲しい。
ああ！　神様、神様がどなたか一人でもいて下さればいいのに。
ああ！　神様、あなたがいて下されば、
ああ！　医者たちが苦しみを和らげてくれればいいのに！
ああ！　魂を憔悴させ、決して塞がることのない

合唱隊

ぞっとするような傷口を治すための
絶えてありえない薬が見つかればいいのに。
ああ！　この世に奇跡などないのね……
二つの棺を従えて
彼女は何かを望んでいる、
ありもしない何かを。
希望がないとあきらめないために何かを望むのだ。
彼女の望みは驚異的なもの、
星々の後ろに隠れた星。
いつその光が射すのだろう？
人間には誰にもそれが見えない、
それでもその星は偽りの名前で刻み込まれている
すべての人々の記憶のなかに。
われわれはみなため息混じりにこう言う。「正義よ、おお、この愛しいものよ」、
大切な光輝く姿、
おお、「ありえない神々しいもの」、
詩人がベアトリーチェを望んだごとく
彼女が望むものこそ、「正義」よ、おまえなのだ、
彼女は「正義」に愛して欲しいのだ。

母親　ああ、欲しい、欲しい、欲しい！

合唱隊

詩節1

わたしも同じ、幼かった頃は、
特別の力をもったもの、占星術の王妃、白銀の騎士、
澄んだ瞳の許嫁、
孤児の庇護者、
かれらの足跡を見たと思っていた
天空の細かな砂の上に、それはきれいだった
だがそれはわたしの思いこみだった。
今は、この美酒も一リットル五フランする。

合唱隊

応答詩節1

このわたし、冷笑的で、腹黒く、金で買える偽りものになっている「正義」め、
この声がすり減っていなければ
叫び声が届くように、その耳元でがなり立ててやるのに
鼓膜を突き抜けるほど。
「死の前ではわれわれはみな平等だ、
聞く耳をもたないこの世界が未来永劫続くわけがない

わたしは外であんたを待っている
永遠性を前にして二人で落とし前をつけることになるだろう」
わたしの発声器官はすっかり壊されてしまった
思考を冷酷に破壊するものによって、
それでも別の誰かが叫んでくれよう！

合唱隊

詩節2

だって、われわれには一銭もないのだし、
住みかもなく、権利もないのだから、
言葉もなく、文字もなく、知性もないと、
安易に想像されるが、それはまったく違う！
われわれは「社会」が排泄した精霊。
われわれはたばこの吸い殻。何故か？
何故われわれは人間の特徴をすべて失ってしまったのか？
何故土と汚物のなかに監禁されてしまったのか？
教えてやろう。
それはわれわれが愚かだからではない、
われわれのうち何人かはそうかもしれない
低俗でも高位でも愚かな者はいるのだから。

まったく逆だ。それはわれわれがわれわれでありすぎたから
そしてかれらと同じではないからなのだ。
賢すぎて、目立ち、みんなと同じではないからだ。
丸々と太り、ぼうっとして、自分から殴り殺されたりはしない、
軛や馬具にもならず、使いやすいものではない。
人はわたしを無法者と呼ぶ。それでも
わたしは合法的にここにいる、そしてその法はこう言っている。
普通の人と同じではないすべての者たち、
そして満足していないすべての者たち、かれらにとって、
ここは閉鎖的な工場か、十字架、あるいは棺となるだろう、と。
だから、わたしは棺桶を選び、手直しした。
全面的に。わたしは「不浄」という名であり
それを誇りに思っている!

…………

わたしのほうは、あらゆる地獄を経験した。
地下鉄の深奥部、飢えたる者たちが不法に住居する建物、段ボールの掘っ立て小屋。
わたしは車の入る正門に出没する幽霊になったり、
公衆便所に何日か寝泊まりしたり、
危うく火葬されそうになったこともある。

ずっと歩いて、険しい崖の続く流刑地を下っていったが、
後悔なんぞしてはいない、全然！　全然だ！
その途中、知恵を振り絞って、
「リベルテ〔自由〕」という名の馬を盗んだ、
この獣は勝ち誇った足どりで、わたしをこの墓地まで連れてきたのだ。
ここで、わたしは幸せだ、わたしには石棺がある。
死とわたしは仲良く暮らしている。
わたしが無謀な考えを大声で言ったとしても、
星々が拳銃を抜くことはない。
要するに、わたしはここで完全な「人間」となり、叫んだりもする、
それにひきかえ、「都市《まち》」の金持ちどもは
霊感をもたないただの肉でしかない。
わたしのほうが生を感じ、奴らのほうはぶくぶく太るだけ。
この墓地は、高貴なる貧困だ。わたしは残りかすだ。
だが、そうだとしても、最終的に、
みずからの頭に弾丸を撃ち込むのは「都市《まち》」の奴らのほうなのだ。
しかも、すでに弾丸は発射されている。
かくして、わたしは「革命」の時を待ちながらここにいる。
…………

見てのとおり、樽のなかは火薬でいっぱい。
火花が散れば、それで十分。
わたしが望めば、「都市《まち》」は瓦礫の山と化すだろう。
けれど、わたしは自滅するのを待つ。
わたしの言ったことを繰り返さないでくれ。
奴らはわたしの陰謀を告発し、有頂天になるはずだから
殺されたのはわたしだというのに。
どうしてわれわれは同意したのだろう
生きたまま地上から葬り去られることに。
いつかうんざりすることになる
口を噤み、巣穴に閉じこもっていることに。
その日が来れば、そのことを実感するだろう。
その日は闇のなかからもたらされることになるだろう
両脇に張り付いた真っ赤な鷲の翼によって
そして、両方の靴にもそれぞれ翼があり、
足下には、未来を見通す眼がいくつも付いた車輪がある。
…………

合唱隊

したがって、そんな日は絶対に来ない。

応答詩節2

子供のために亡霊たちと一緒にたった一人でいる哀れな女。
男どもはどこに行ったのだ？
兄弟、叔父、従兄弟、友人、味方の者たちはどこへ行った？
それに神もいるが、当てにすべきではない、
哀れで、不幸で、狼狽している「神」を！
あそこに一人、主が黙って立ち尽くしている、
十分に自覚しながら、何故ならすっかり分かっているからだ、
法的には弁護士に叩きのめされるということを。

合唱隊

詩節3

そうだ、本当にどうしたらいいのだろう？
夢を見なくなってもうずっと久しいのだ！
わたしには何も思いつかない。
…………
それでもやってみないわけにはいかない。
少なくとも一度は、肉切り包丁から子羊たちを守るのだ。
もう一度勇気を出すのに歳など関係ない！
ああ、英雄的行動に酔いしれる境地！

合唱隊

応答詩節3

奇跡を起こす必要があるだろうな。
わたしとは、不安になる者。
わたしとは、興奮する者。
世界を変えよう！　やってみよう！
下ってくる流れを逆流させる。
地獄の扉をこじ開ける。
偽りの「正義」の正体を暴いてやるのだ！
本当のことが出現するように！
今こそその日が来たとは思わないか？
燃える眼に覆われた車輪に乗って。
そうだ。そうだとも。わたしはそう信じる。
でも具体的には、どうすればよいのか？
…………
過去に行われた裁判は間違っていた、
もうひとつの本当の裁きは行われなかった
奴らの冷え切った会議場では。
だからやろう、ここで。

シラミがたかったわれわれの手で、墓地のよき神となって。
それが途方もない一撃となる。

母親　ここで？　奴らがいないのに？

合唱隊　何を言っている？　奴らがどこに隠れていようとも
遠い外国にいようと、牢獄に隠れていようとも、
偽の証明書に守られ、
修道院に避難しようとも、
奴らを探しに行き、見つけ出すのだ。

母親　でも、奴らは〔車の〕頑丈なドアで守られています、
格子状になったドアはさし錠があり、屈強なガードマンたちが周りを固め、
錠前が六か所と警報もあります。

合唱隊　たしかに、その道のプロたちが大勢いる。

合唱隊　詩節4
それでも、わたしはあらゆる手を尽くすだろう
そしてドアは、わたしの拳銃の前で次々と外れることになる。
クライスラーからシヴォレーへとわたしは飛び移る。
車は燃え、爆発し、敵は発砲するが、
いつもわたしは助かる。そして最後には、

わたしたちは巨大な駐車場の奥にいる、
この世界では、それ以上先に行くことはできないのだ。

合唱隊　**応答詩節4**

敵は追い詰められ、わたしはその上に飛びかかる
そしてこう言う。正しくない「裁き」など避けられない運命ではない。
そしてずっと前から完了したものなどない
いついかなる時でも。
そいつを証明してやろう。
敵は抵抗する。イオ！　イオ！　それが見えるか？
力を振り絞って、柱にしがみつく、
そして、わたしに手を合わせ、懇願するところまでもいく、
それでも、われわれは買収されない、こいつは生まれつきなのさ。
よし、奴を起きあがらせてやろう、猿轡を寄越してくれ
奴が破廉恥な声を上げられないようにしてやるんだ。
喉をかききられると奴は思うぞ。

合唱隊　しかし、われわれは、ここで人殺しにはならない。
不正を正す者となるのだ。

アイスキュロス　殺人者たちを連れてきてくだされば、

合唱隊

絶望感は消えてなくなる。

合唱隊

詩節5

ああ！　そのとおりだな！　しかし、どうやってそれができる？
失敗することを考えてみろ
別の展開だってある、そうだろう？

応答詩節5

そのとおり、駐車場のなか、車が炎で焼き尽くされ、
そこから立ちのぼる真っ黒な煙のせいで、
奴を捕まえられない場合、
駐車場は地獄の井戸と化し、
わたしは瀕死の状態で脱出し、警報が鳴る。
そこでわたしは身を隠そうとこの辺りに戻ってくるが、
追っ手を振り切ることはできず、
このわれわれのキャンプには不気味な網がかけられる
八人が死亡、約百人が負傷
そして、われわれ全員が埃まみれで死ぬ、ということを考える必要がある。
わたしは昔、無敵だった。

ああ、このような事件にわれわれが遭遇した時、
二〇年くらい前のことだが、
わたしはもっと強かった。おまえもそうだったな。
あいつもそうだった。

（堰の音）

合唱隊　そして、あんな奴はいなかった。
アイスキュロス　それじゃあ、八方塞がりということか？
合唱隊　そうさ。
夜　やってみないのですか？　あきらめるのですか？
合唱隊　この世に奇跡などない。
あらゆることが錆びついている。夢を除いて。
…………
すみませんが、もう遅いので、わたしは横になります。
そのほうが利口ですよ。素直になりましょうよ。
三〇年前のわたしにお会いになれば、
わたしはさながらライオンのようだった。でも今は一匹の羽虫にすぎない。
夜　羽虫、と言われたか？

合唱隊　いいえ。今は一匹のシラミです
そして、シラミのように退場する。ほらね。
夜　わたしの星たちが照らす光は
あなたの勇気づけにはならないのですか？
合唱隊　それほどではありません。わたしだって突進したいが
ちゃんと計算しないと。
……………
すでに陰気なものを、もっと陰気にさせることはない。
勝利はいつも戦うことで得られるとは限らない。
われわれは待つこともできるのだ。

（合唱隊退場）

アイスキュロス　我が母君は失望なさっているな。住処もなく、牙もないこいつらに、
確かに死んではいないが、
どっちつかずで、他の連中には気がふれたと言われる、
蟻や貝殻や、大海に浮くクルミのようなこいつらに。
こいつらには訓練が足らない。わたしの所為だ。
母親　それでも、わたしはあきらめきれない

勝つ前にわたしが死なねばならぬなら、
一度死んで、大地を揺すってやりましょう、
古代ギリシアの船のようになるのです
この船は、数千年の時が重くのしかかったもので
つい先頃まで、ラシドンの港〔マルセイユの古い港〕の泥のなかにあったのです。
三千年も経ったのに、船木も船の魂も傷むことはありませんでした。
だから、わたしも、層になった沈黙の泥の下で、
三千年のあいだ、忘れ去られたままでいたい、
そうすれば、わたしという船の残骸を記憶に完全にとどめることができます
そして、かならず、その日はやってきます
わたしの残骸とわたしが
前代未聞の証拠をもたらすことになるのです。
ああ、千年眠ることができたなら。

（彼女は眠る）

夜

少し眠りなさい。
そのあいだに、企みに行ってこよう
わたしの忠実な三人の伝説の娘たちと

娘たちは、時間の止まった真っ暗な籠のなか、
息を凝らし、登場の合図を待つだけなの。
ああ！　あなたを待ち受けているのは
驚くべき訪問〔カトリックにおける聖母マリアの聖エリザベート訪問のもじり〕なのです！

（「夜」退場）

＊＊＊

第4場

（死んだ子供たち、ダニエルとバンジャマン・エゼキエル登場）

ダニエル　（歌うように）起きろ、弟よ、
骨になった脚で立ち上がれ、
戦いの時間だ、地面を足で叩くぞ、
鉄を吐くぞ、火を吐くぞ、
両方の犬歯を尖らせて

僕の黒い血で弾を作るんだ、
うじ虫どもを八つ裂きにしてやる
ぐずぐずして、まだそこで生きているのか？

バンジャマン　（歌うように）まだ生きているよ、まだいたいんだ、
母さまと一緒にずっといたい
母さまの心が僕の居場所
僕は空の子、風の子だい、
お金が怖いし、血も怖い。
まだ母さまと一緒に生きているんだよ。

ダニエル　（歌うように）夢を見ているんだね、弟よ、
僕たちは殺され、抹消されたんだ。
何を待っているんだ、バンジャマン？
起きろ、そして木琴のようにすねの骨を鳴らせ。
狩りの時間だ
母親から引き離された子供たちのため
そうなるのが早すぎた子供たちのためなんだ。

バンジャマン　（歌うように）ダニエル？　兄さんなのかい？
風のなかで僕を呼ぶのは。
兄さんの声だとは思わなかったよ、

昔とは顔つきが変わったね。

ダニエル　（歌うように）僕はダニエル・エゼキエル、長男、
一九八〇年三月五日生まれ、一九九〇年七月一四日死亡
殺されました。
奴らは僕の血と弟の血にカビを入れたんです。
今は僕が分かるかい？

バンジャマン　（歌うように）僕はエゼキエル、バンジャマン、兄さんの弟、
一九八三年五月二〇日生まれ、死亡は……
あと一時間で、ちょうど一週間になるよ。
兄さんのために嬉しいんだ
この墓地にたどり着いたことが、
でも母さまのためには悲しいな。
僕たちは、母さまが無駄に産んじゃった二人の息子。
分かっていたら、母さまのお腹で死んでいたのに、
母さまが僕のお墓になったはずなのに
でも全然分からなかった
二回も離れ離れになるなんて。

ダニエル　（歌うように）僕のほうは何も悔やんじゃいない。
泣いて、朽ち果てるためにここにやって来たんじゃない。

その日、僕は元気がよくて、上機嫌だった、
そんな風に僕は夜となるのだろう、
肉体があるままか、それとも蝕まれて、剝き出しになって。
おまえは灰になってしまえ、そうなりたいのなら、
僕は一人で戦場に行く。
僕たちを殺した奴らを追いかけなくちゃならないんだ
そして、恐怖で真っ青になった奴らを連れて行く、
贖罪の祭壇に、

バンジャマン　（歌うように）怒らないで、兄さん、
だからついて来い、じゃなかったら、うじ虫どもとここにいろ。
泣いたのは笑わせるためだったんだ。
兄さんに逆らうくらいなら繰り返し死んだ方がましだよ。
はやく言ってよ、僕たち今から何をするの？
少年の亡骸でしかない僕たちが。

ダニエル　（歌うように）僕らの血を色褪せさせた奴ら、
奴らの銀や黄金でその身を守ることはできないだろう。
僕たちは蝕み、砕き尽くし、穢し、とり憑いてやって、寄生虫になってやるんだ
奴らが望むことすべてに、それから……
でも最初は僕と同じようにやってみろ、バンジャマン、

威張った顔つきをするんだ、
とても真剣で、人が呆然となるような顔つきだ、
やってみろ！　地面を蹴れ！　顎をあげろ！
怒るんだ！　もっと威張って、攻撃的に！　もっと深刻そうに！
とってもいいぞ。僕たちが現われるとすぐに
全員おののいて、こう泣きわめくのでなくては。
何てことだ！　エゼキエル兄弟だぞ！
何てわれわれはついてないんだ、と。
いるぞ、また一緒になった二人の兄弟が。僕について来るかい？

バンジャマン　（歌うように）うん！　僕たち死んでからすぐにこの役をもらったね。
僕たちを殺した奴らに
しつこくつきまとってやるぞ。

ダニエル　（歌うように）次に、僕らの骨を全部鳴らすんだ、
そうして、天の偉い人たちを全員集めよう
みんな僕らを助けたがっている
せめて気づいてくれればいいんだけど！
もしもし、空の上できらきら輝いている偉大な人たち、
聞こえますか？　二人のエゼキエルが呼んでいますよ！
空の上には誰かいますか？

バンジャマン　(歌うように) もっと大声で、もう一度叫んで!
こっちもあっちもみんな呼んで!
ダニエル　(歌うように) おお、神々よ、雲よ、高みにある力ある主君たちよ、
おお、無限に続く「夜」よ、
ここにエゼキエルの長男がいます、
聖なる血と惨殺された血の名において、
どうか来て下さい。来て!
お母さまの恨みを晴らす前に
自分が死にすぎてしまうのを心配しているんです。
僕らはまだとても幼いのに殺されました。
僕らを生け贄にした奴ら、
僕らの血がべっとり付いた奴ら、
僕らのことなんか絶対お目こぼしはしないでしょう
そして、許しがたい自分たちの罪を隠そうとして
お母さまを罰しようとしているんです!
答えてくれないんですか? イオ! イオ! イオ!
バンジャマン　(歌うように) 待って! 聞いて!
ダニエル　(歌うように) 風のなかに僕らだけ、待つことにしよう。
イオオオ!

（子供たち退場）

＊＊＊

第5場

（三人の復讐の女神たち、アレクトー、ティシポネー、メガイラ登場）

復讐の女神たち　来たぞ！　来たぞ！
　分かるぞ、何も変わっていない！
…………
　何もかも変わったように見えるが、
われわれが地上に姿を現わすのをやめて、五千年ものあいだ、
何も変わりはしなかった、「進歩」も「改善」もなかった、
人間が奏でる音色には。
相変わらず歯が痛くなるようなきしむ音が聞こえ
相も変わらず母親たちの涙が流され、

…………
相変わらず人は否定しがたい呻き声を漏らしているが
もちろん裁判官たちの耳に届くことはない。
わたしをもう老婆だとは言わないでもらおう
今日も昨日も同じなら、
時よ、おまえが車輪を回しても何の意味もない
だって、同じ穴を繰り返し掘っているようなもんじゃないか。
わたしには同じような悪習がちゃんと見えている。
ただ、おかしな服装だけが新鮮だ。
…………
わたしだけがやつれたと言わんでくれ。
でも昔の自分とは別人になってしまったというのか
時速一五〇キロで走る獣より速かった頃、その獣の名は……
…………
豹。
…………
豹、それだ、キツネザルより速く
犯罪者たちを追いかけ回し、
デルフォイの町からアテナイの町まで、

力強い一飛びで行ったものだった。

…………

わたしも同じだ、母親たちにはちゃんとした権利をもって欲しい
逆の権利をすべて上回るような。
自分から変わったのではないぞ
例のあの日、女神アテナとわたしは契約した
いついかなる時も市民の平穏を乱さないという契約を〔『オレステイア』第三部「慈みの女神たち」の結末において復讐法は「市民法」に変わる〕。
一個の美しい太陽が地上に現われようとしていた。
オリーヴの木には新しい神々がいて
小枝につかまって裸で揺れていた。
わたしは赤くなって……

アイスキュロス　黒だ……復讐の女神たちはいつでも。黒い縞模様の入った黒布をまとっている〔色こそ違え、この縞模様は絶滅収容所の囚人衣である〕……

復讐の女神たち　それで？　われわれは何をとり決めたのか？

…………

ひとつは、わたしが地の底に下りてゆき、そこで暮らすこと
そして毎日静かに暮らし
「人民」に咳すら聞こえないようにすることだった。

もうひとつは、この「地上」で、
「民主主義」が広まり、発展すること
縦横無尽に、新たに花開く息吹によって
心地よい日の光とともに花開く息吹によって、
そして、正義の側にいる者たちはますます正しい者となる。
アテナはわれわれにこう言った、地の底に下りなさい、
そして、わたしの民に病と不運をもたらしてはならぬ、と。
いやだ、とわたしが言うと、そうするのだ、と彼女は言った。
だから、われわれは地底で暮らすために下りていった、約束通りに。

…………

そして、数千年のあいだ、
われわれが目撃されることはなかった!
じっと座りつづけ、口のなかは泥でいっぱいになった、
約束どおり、真っ暗闇のなかで。
これこそがとり決められたこと、結構な契約だ。

…………

ここには何の新しいものがあるのだろう?
電話以外に。知りたいもんだ。

…………

周りの花は血で濡れている。
同じ花、同じ血、
そして、いつも同じように塵芥へと血は流れ、塵となる
一度こぼれれば、もとには戻らない。
ならば、われわれのとり決めは、何の役に立ったのか？
…………
われわれのほうは、五千年のあいだ
言われたことを守ってきた
木々を吹き飛ばす不吉な災いもなく、
純粋無垢な女たち、あるいは他のすべての雌の腹のなかに
泥棒猫のように入ってくる不毛さもなかった。
…………
少なくとも、われわれのほうでは。
…………
それに、市民たちのどす黒い血を吸い
復讐の熱狂に駆り立てられ
殺人には災いを、目には目を歯には歯をなどと
「国家」に要求し始めるごく少数の輩もいなかった。
…………

少なくとも、われわれのほうには。
…………
災いの種など、わたしはまき散らさない。
…………
わたしもしない。それを「災い《ペスト》」と呼ぼうが、呼ぶまいが、
これっぽっちもまき散らさない。
でも、分かっているぞ、他の奴らが、
大量の災いをまき散らしたのだ、
情け容赦などまったくなく、避けることのできない災いを。
…………
五千年前からずっと、復讐の女神たちよりも多くの災いを、
そして、見るがよい、この星を、何たる状態だ！
…………
やれやれ、わたしはもううんざりだ！
かつて、われわれが殺人の状況に欠かせない者であった頃、
人殺しはみな、自分が人殺しであることをはっきり自覚していたし、
われわれが憑きまとうことを、耐えられないほどに、執拗に、
地の果てまでもつきまとうことを知っていたのだ。
胸につかえる有毒な寄生虫となり

まぶたが麻痺して
決して閉じられなくなるまで、
それが、いうなれば、われわれだったのだ。
…………
でも最終的に、復讐の女神たちのいない世界は終わった。
エゼキエルの子供が死んで、
終わったのだ。われわれは戻ってきた。
…………
だが、おまえたちはこう言うだろう、何故エゼキエルの子なのか、何故その子なのか?
その子はやせっぽちだが、明るく、聡明で、若かった、
怒りっぽくて、少し足を引きずっていたが、とても素直な子供だった。
…………
それが理由ではない。子供たちはみなやせっぽちで、
とても明るい。死ぬ時が来れば、彼らの骨が透き通っていることが分かる。
それに、誰でも少しは足を引きずっているものだ。
…………
それじゃあ、何故あの子なのか? それはこういうことなのだ。
最後に落ちる水滴が誰になるかは誰も知らない。
突然、底なしの暗闇の奥に

月の光がかすかに射し込んだ。

…………

それは最後に落ちた水滴のおかげ。
この水滴が岩のような鼓膜に染みとおり
突然叫び声となる。「イオ、イオオオー」
われわれがその声を聞くと、間もなく、
微かな血のような臭いがしてきた。
しかし、その血はわれわれにすべてを話してくれる前の血とは違っていた。
もはや、われわれに語りかけていた昔のものほど単純で、率直なものではなかったし、
臭いも違って、はっきりはしなかった。
問題は、いつもと違う血の臭い、
寄せ集めのようなもの、赤い血、青ざめた血、
いくつかは白くなり、色褪せた血もあった、
われわれは惑わされる、偽の血の臭いに

…………

それでもいくらかは本当だ、この何かの蒸気は
蒸留途中に、濃縮され、純化されたもので、
一度粉々になってから、作り直されているが、
それでも、血からできたもの、

そしてこの血の上に、荒々しくてハッとするような、斬新な香水から選りすぐられた香りがある、
漂っている、ううん、オー・ド・トワレの強い臭いが
それにエレガントな男性の強い臭いが、少し強すぎる、少し男っぽすぎる、
少し整いすぎている。ほら、こんな感じ。
悪臭を香水でごまかしているような感じ。
わたしが誰のことを言いたいのか、分かるか？
いや、分かるまい。

…………

おまえたちは、この時代の申し子で
生まれてからずっと
技術による再生産の時代を生きている、
われわれを手伝ってはくれまいか？

…………

第一に、われわれはある男を探している
どこにでもいるような男だ。

…………

名前は？　ダメだ！　名前は言えない
だって、災難にしろ、うっかりにしろ、

名前を口にすれば、われわれに追われているこの男は
弁護士かそのたぐいの者をすぐさま寄越し、
警察が突然現われ、ここでこの芝居さえもやめさせる
いついかなる時であっても。

…………

名前は言いたくない。
こんな名前を言って、口を汚したくはない。
この神聖な囲いの澄み切った空気を軋ませたくはない
忌まわしい名前を口にすることで。
しかも、この種の名前はわたしの記憶から完全に漏れてしまった
魚のように、すり抜けてしまったのだ
健忘症ぎみのわたしの記憶の網を。

…………

それでも、名前をつける必要があるだろう、
忌まわしい所業に責任をもつよう、奴らに呼びかけるために。

…………

それではこう呼ぼう。あっちの男とあっちのあの男、と。
あるいは……別の言い方……これは場合による。

…………

だが、牢獄の分厚い袖壁も、
修道院を世間と隔てる囲い壁も、
たとい世界銀行の要塞壁であっても
抗えないわれわれの襲撃から奴らを守ることはできないだろう。
今やわれわれが母親の主張に共鳴しているのだから。

…………

われわれは過去の裁判を木っ端みじんにできるし、
灰にすることもできる。

…………

法廷のすべての場面を
やり直せる。「訴訟」を最初からやり直せる。

…………

おまえたちが知っている男を誘拐することもできる。

…………

こっちもあっちも、
同類はすべて誘拐するのだ。

…………

そして、奴らをまとめて、ここに連れてくる。

…………

われわれがどれほど強かったのか、
おまえたちはみな、
想像すらできまい！
「世界」はわれわれの声に震え上がっていたのだ。
…………
われわれは声を荒げる必要はなかった、
ただ、眉毛をつり上げるだけで十分だった！
おまえが証人だな？

アイスキュロス　それは本当だ、復讐の女神を前にして王たちが逃げ惑うのを見たことがある。
ただ頭に浮かんだだけで、ただ名前を聞いただけで。

復讐の女神たち　それで、あなたはわれわれが姉妹だと思っているのですか？　そうなのですか？
黙っているということは、彼女はそう思っているのだ。

夜　ええ。分かったから、行動に移りましょう。
敵はまだぐっすり眠っています。
さあ、襲いかかるのです。不意を突きなさい、
呆然自失しているところを捕まえるのです、
悪夢のように振る舞いなさい、完全に武装して。
奴らは呼びたくなるでしょう、警察を、軍隊を、大臣たちを、

「国家」を、「国」のトップを、その呼び声を詰まらせてやるのです、
用意しなさい、網を、麻酔薬を、
電話線を切るのです、
奴らの知力を凍りつかせなさい。そして生きたまま連れてくるのです。
復讐の女神の一人　われわれには、おあつらえ向きだ。
夜　さあ、娘たち、急いで、遠回しなやり方はなしです。
もう「太陽」が眠り始めているのがわたしには分かります。
復讐の女神たち　さあ、行こう、ヨーロッパを仰天させてやろう！
…………
さあ。不意を突いて襲いかかろう。
奴らのそのときの面を思うと、おかしくて、身がよじれる。
…………
おお、囲い込め、震え上がらせろ、大殺戮だ！
夜　生きたまま、と言ったでしょう！
復讐の女神たち　勝ったと思っていた者たちは、実は勝ってはいなかった。
ミュー……ミュー……ミュー……

（彼女たち退場）

夜　そして、あなたたち、精霊たち、賢明な心の持主たち
そして、すべての国の立派な神々よ、
「正義」を愛する者が一堂に集まりますように、
情け容赦ない暗い人生にくじけることなく、
乗り切っていけるように、今こそ彼らに助力を。
わたしは高みから、彼らの歩むさまを見守ることにしましょう。
でも、あなた方はそのあとの行動を準備しなさい。

（「夜」退場）

母親　狂っていても仕方ない、わたしは信じて疑いません。
すべてはわたしの理屈より遙かに力強く、遥かな速度で進んでいる、
彼女たちがわたしの前を行き、わたしを導いてくれる、
しかし、彼女たちは燃える茨〔「燃える茨」はモーセの前に姿を現わした神のこと〕からたった今出てきたばかりのようだ
子供たちが死んでからずっと、
わたしの胸のなかでぱちぱちと音を立てて燃えている茨から。
わたしは喜びに酔いしれる……
夢だとしても、わたしは全人類に訴える、

わたしたちが勝利するまでどうかわたしを起こさないで下さい。

アイスキュロス　誰が言えよう、こちらとあちらの境界線がどこにあると。
「われわれはみなひとつの布地のなかで裁断されている
そこからいろいろな夢が作られる……
ユメノヨウナ織リモノガックラレル Such stuff as dreams are made of……」
わたし自身、時折、自分が別人であるような気がするが
そのことを恐れたりはしない。

（かれらは退場し、子供たちが登場する）

ダニエルとバンジャマン　（歌うように）怒りで僕は宙に浮き、突き動かされた
僕は死んだ、怒りがこみ上げるなかで
そして僕は岩より硬いダイヤモンドのような表情になった、
金粉をまぶしたような奴らの顔と向き合い、決意を固めた顔つきになった
僕らの血を汚した奴ら
奴らの黄金と銀が奴らを守ることなんかできはしない。

（二人は退場する）

＊＊＊

第6場

（二人の合唱隊員、テッサロニケとジャン＝クリストフ・ラガドゥー登場）

テッサロニケ＊　ねえ、三人のばあさんたちが来たよ、相変わらずうちらより落ちぶれているし、
おかしな訛りで、いい加減なことをわめき散らしている、
やっぱり、あんたは信じているんだ！「正義」を！「真実」を！
石鹸のあぶくのようなものなのに、あんたは綺羅星のように思っている。
この二五年間、食べるものもなく、物乞いし、軽蔑されてきたのに
あんたは何も学ばなかったの？

ラガドゥー　信じている、とは言っていない。
理解したい、と言ったんだ。

＊ギリシアの北方、マケドニア、エーゲ海に面した都サロニカのこと。アレクサンドロスがテッサロニックと名づけたが、古来、「十字軍」を含み、東方と西欧とのあいだで争奪戦が続いた場所として知られる。ここでの含意は七九頁の訳注1参照。

それも禁止なのか？　想像するだけならタダだろう？　「不安が終わる日が到来する」、こう思うと俺は安らかな気分になる。

ずっと前から、誰もそのことを期待してはいなかっただろう。

五千年を二〇年で割ると一体いくつの世代になると思う？　そして今まさに、その日がここに来るのだ、その到着に立ち会えると思うと、俺は嬉しい、自分の栄光を失うまいとする「正義」が戦車に乗ったんだ、

いつ終わるともしれない戦いが突然終わることになる

追放された者たちが食卓に招かれることになるんだ。

テッサロニケ　ふざけないで、この野菜クズ！　こんなくだらない知らせを信じる勇気があるなんて、この骨野郎！

追放された若者のうぶな夢のなか以外、

完璧に正しい「正義」など、あったためしはない。

あんたのような虫喰いだらけの物乞いがしなびたロバにずっとまたがって、エルサレムに向かおうってのか。そうすると明日にでも、あんたがそこに来るから、ユダヤ人とアラブ人が理解し合うことになるとでも言うのか！　希望をもつことがどれほど危険なことか、あんたは知らないの？

行けばいい、コウモリ、希望をもって、嘆きの壁に頭をぶつけてきなさい。

ラガドゥー　さあ、黙れ、間抜け、立てもしないのに、逃げ腰の老いぼれ犬。

ここにいろ、ついてくるな。怖くて死んでも、それはおまえの所為じゃない。おまえは

鎖につながれているのがお似合いだ。


テッサロニケ　希望が人の心を壊してしまうということをあんたは分かっちゃいない。

ある日のこと、ラーフェンスブリックという収容所で、一人の若い娘が噂を真に受けた。

噂はバラックからバラックへと気が狂ったように駆け巡った。

誰かが与太話を吹聴していたのさ
このうら若き乙女が近いうちに自由の身になると。

それは彼女をおとなしくさせるための言葉だった。

彼女は信じてはいけないことを信じてしまったんだ。

そうして、あまりにも重苦しい日がやってきた、カミソリがもってこられた
……違う、彼女の喉もとじゃなくて、きれいな髪の毛を切るため。

それはこういう意味だった。おまえはここにずっといるのだ。

叫んでも無駄だった。長い髪は切って落とされた。

そしてどうなったか、お分かり？

彼女はきれいな坊主頭をぼろ切れで包んだ
そしてぴしゃり！　彼女は死んだのよ。ぴしゃり！　ちょうどわたしの横でね。

だから、希望などもたないで。

彼女は決して帰ってこない、長い巻き毛の美しい少女は。

彼女は決して帰ってこない、ちゃんと背筋を伸ばした女神など、
怒りで鼻翼をひくつかせた女神、

うちらが昔「ディケ」〔ギリシア神話で、正義を神格化した女神〕と呼んでいたけど
決して答えてくれることはなかった女神さ、
待ち人など決して来ない
いつもそう。
「メシア」は来ない
「正義」は到来しない
うるわしき神々は答えてはくれない。

ラガドゥー　黙れ、このユダヤ人の娼婦め！

テッサロニケ　ギリシア人よ。ユダヤじゃない。テッサロニケはギリシアの名前。

ラガドゥー　テッサロニケ[*1]！　怖いくらい実際にある名前を誰がおまえに付けたんだ？
似合っているぞ、このアバズレ、ユダヤ系ギリシア人か、ギリシア系ユダヤ人[*2]か知らんが、
いつも疑り深くて、絶望ばかり口にしやがって。
おまえは金持ちの下司野郎どもを手玉にとる。
希望をもたないことは簡単だ
ゴミためにしゃがみこんで、
コカ・コーラの瓶の欠けらで自分のかさぶたを掻きむしり、
そしてカアカア鳴けばいい。

テッサロニケ　あんただって、ジャン＝クリストフ・ラガドゥー[*3]！　何ていうフランスの名前！
うあっ！　思ったことをあんたに言いたくもない！

こんな名前を使って、いつも人は否定しようとする
当然だけど、「世界」中の道がよそ者の頭蓋骨で
ずっと敷き詰められているということを。
あんたは黒人か白人から生まれたのよ。
表か裏か、すでに賽は投げられている、
あんたがそのどっちかの半分に完全に変わることなんてできはしない。
もうひとつ別の例も挙げてあげるわ。
ある日のこと、一人の黒人が……痛い……やめて……助けて！　人殺し！

ラガドゥー　言葉巧みに、これ以上俺から希望をとり去ろうとするんじゃないさもないと、このナイフで絶望的に喉を掻き切るぞ。
おまえは端からただの死体なんだ、だから静かにしてろ！

テッサロニケ　でも……聞いて！　待って！　今は殺さないで！

＊1　アレクサンドロス大王の妹の名「テッサロニケ」に由来するギリシアの都市名であるが、フランス語では音の響きから侮蔑的な意味（t'es salo(pe), (tu) niques.「おまえは誰とでも寝る淫売だ」）も連想される。

＊2　現ギリシアではあるが、オットマン帝国領だったこともあるし、歴史上帰属は種々変転した。一四九二年のスペインからの追放で、多くのユダヤ人が移り住み、第二次大戦中、ナチの迫害を受け、殺されたり、再離散したことは有名。

＊3　ラガドゥーはともかく、名は聖者から採られることが普通だったフランスではジャンはよくある名、ヨハネのフランス語である。この名は十二使徒の一人であるヨハネ以来聖者名に多く、クリストフも聖クリストフォロスに由来するとともに、大航海時代の先駆けコロンブスの名でもある。

あれを聞いてって言ったでしょ！
ラガドゥー　静かに！　あれって何だ？
テッサロニケ　だからあの音よ！　聞こえないの？　聞いて！　聞いて！
イオ！　もう絶対言わないわ
希望が危険だなんて
だって、「信じられないこと」が起こりうるのは
うちらだけ、この「地上」の運の悪い分け前ばかりが当たるうちらだけなんだから！
ラガドゥー　ごうごうという音が近づいてくる
翼の音、車輪の音、あえぎ声や何か燃えているような音が混じり合って……
ああ！　畜生！　裏切られるのが怖い！
がっかりさせないでくれ！

＊＊＊

第7場

（アイスキュロス、「夜」、続いて、復讐の女神たちと連れてこられた二人の敵、X1とX2登場）

復讐の女神たち　ミュー！　ミュー！　捕まえろ！　捕まえろ！　捕まえろ！　それっ！
捕まえた。
これで、妨げとなる神はどこにもいない
立ちはだかり、われわれの獲物を横どりしようとする神はいない。
…………
奴らはみな、だらりと手を下げ、
膝ががくがく震えている、
奴らに恐怖をもたらしたことは、奴らの眼を見れば分かる。
…………
あんたも、あんたも、これからは鼠たちのお屋敷で暮すんだね
だって、苦しみの借りは返さなきゃならないものねえ
苦しみによって、幼子の体は蝕まれ
死にゆく者たちと母親たちが泣いたのだから。
…………
いてっ！　肋骨が折れた。
こいつら、何て重いんだ！
われわれが運んだ体
驚きと怒りから二倍の重さになったんだ、
その上、なかの臓器が全部硬くなっているし。

夜　たくさんの人があなたに向かって殺到しているのが分かりますか？
群衆はあなたにただ説明して欲しいのです。
説明してやりなさい、そうすれば、見えるでしょう
人の波が割れ、あなたがとおれるようになるのが
そして、あなたは足も濡らさずに家に帰れます。
忠告しておきます。
控えめで、嘘偽りのない言葉で、人々を落ち着かせてやりなさい。

復讐の女神たち　しかし、まずは言うのだ、おまえは何人の子供を
親たちから奪った？　何人の親たちが恐るべきやり口でやさしい瞳を奪われた？
そして、子供たちから何人の父親を奪ったのだ？
おかげで、子供たちには隠れる場所も盾となるものもない。
…………
聞こう。どれほど多くの者たちがこの世の地面の下にすでに降ってしまったのか
また、これから数年間でさらにどれほどの人が降ってゆくのか、言ってみろ。
…………
はやく言え、わたしになぶり殺される前に。

母親　でも、一体彼女たちは何をしているのです？
墓守さん！　アイスキュロス！
待って下さい、尊敬する方々、待って下さい、

あまりにも早すぎます、
望んでいたのはそんなことではありません。
復讐の女神たち　あまりにも早い？　どういうことだ？
いつもこうしているのに。
殺人を犯せば、まずわれわれに憑きまとわれる
一〇年くらいのあいだ、
だがその後は、豹の一飛び
そいつに飛びかかり
待ち構える灰にまみれさせる、
これが生け贄の時だった、
引き延ばしたりはしない。おまえに証人になってもらうぞ。
アイスキュロス　そのとおり、確かに昔のやり方だとそうだった。
でも今は、それじゃ満足できない
実現の喜びがあまりにも早く来すぎる。
もっと時間をかけなければ。
復讐の女神たち　あっという間だ
われわれは豚を殺すように喉を掻き切って殺す。
合唱隊　お望みなら、撲殺することもできる。
母親　ああ！　いけない！

復讐の女神たち　それでは、どうやって死んで欲しいのだ？　言ってみろ。
母親　それじゃあ、……そうね、恥ずかしい思いをして。そうよ。
内面からのすさまじいショックで。
分かります？
復讐の女神たち　いいや、説明してくれ。
……………
夜　恥辱で死ぬ者！　そんな者、見たことがない。
おまえたちはどうだ？　それに「夜」よ、われらが母上はどうです？
わたしも知らない。でも確かめるべきです。
我が天幕の下、今起こることはどれも
過去に起こったことはないのですから。そうでしょう？
アイスキュロス　すべて、前例はないのです。これは前代未聞の話
これまで、どんな発言もなく、リアリティに欠け、結末もないままだ。
おびただしい犠牲者たち、名前すらない、
こうしているあいだにも、何人かが死んでいる
それに一〇年後でもまだ消えゆくように死ぬ者はいるだろう
しかるべき物語も添えられることなしに。
耳が聞こえない人、口がきけない人、猿轡をかまされた人でいっぱいの歴史
押し殺した叫び声、干涸びた血、痙攣した舌であふれかえっている。

復讐の女神たち　まさしく。だからこそ、決着はすっぱりとつけねばならない。
アイスキュロス　悲劇的な事件をやっつけで片づけてしまうことが問題じゃない
事件は諸国民の記憶にこびりついて消えなくなるのだ
何世代にもわたって
六、四、二と減ってゆく添えられた復讐の場面と共に。
もう何年も前から、われわれは空を奪われ、
天球の美しい調べも奪われ、
もの悲しいチェロの甘い調べも奪われてしまっている。

人間の文学もなく、讃歌もない。

われわれはこの苦しみに対してきちんとした償いを要求する。

これほどの沈黙に対して、同じだけの歌声を。

復讐の女神たち　詩人よ、わたしにはおまえが来るのが見える。わたしのほうにはまっすぐ核心を突く責任があるのだ。

でも、この詩人は、かような女性向き裁判所のたぐいのことをまだ考えている。

…………

裁判所は裁判所だぞ！

…………

裁判所などはもはやないんだろう。

あらかじめ舌を切られた状態で

法廷に出頭させられる原告の立場ほど
耐え難いものはない。

…………

わたしの口の近くに、外から舌が伸びてきて
わたしの代わりに不満を訴えるが
わたしの痛みの感覚までは分からない。
わたしの煮えたぎりとは裏腹に、聞こえてくるのは奇妙なまがいもの。
わたしの惨めさを言い表す言葉などありはしない。
わたしの眼からは無念の涙がこぼれるが
それに耳を傾ける者など誰もいない。
わたしは裁判所の排気口へと押しやられ、
ほのかな光を見ようと身を乗り出してみるが、それはむなしいこと。
わたしは戸口で釘づけになる、なかは真っ暗なのだ。
わたしはベンチに座らされ、縛りつけられ、身代わりにされ、
身ぐるみ剝がされて怯えきった証人となる。
やれやれ！　そんなこと、わたしたちはみんな経験済みです。
それなら、裁判所ではない。
しかし、広くて、奇抜な闘技場のような場所
そこには、面倒な手順や宣誓がないというわけではないが

母親
夜

我が星たちが入れない正義の館で、
これまで決して喋らなかった犠牲者が
みずからの不幸と憤激のすべてを
われわれの前で遠慮なく響き渡らせるのです。
身支度をしてきなさい
そして、できるだけ早くこの柱廊に戻ってきなさい。
この勢いに乗って、わたしは街の中心でもう少し幻覚を見せることにしましょう
まもなくわれわれが呼び集める者たちすべてに、
この物語の登場人物がすべてここに揃っているわけではないのだから
我が松明の下に全員が集まっているわけではないのだから。
あの男たちは夢を見ないから、後悔することはない
後悔しないから、夢を見ることもない
奴ら全員に気づかせたいのです、わたしという「夜」が存在することを。

（「夜」退場）

合唱隊　わたしの額に助けを求めても無駄
同情するつもりなどない。
昨日おまえはわたしが見えていないふりをした

だから、今日わたしの目にはおまえが見えない。
今度はおまえの番だ、耐えてみろ。

（復讐の女神たちと合唱隊退場）

母親　たとえそうでも、我が子の不屈の言葉が
わたしの口を突いて出る、そして死者たちの悲しみが
凍てつく墓から炎のように漏れ出し
わたしたちを力づけるのです。

アイスキュロス　辞書を探すとしよう。
経験してみて、分かったんだが、
苦痛を表すにはたくさんの言葉が必要だ。

（母親とアイスキュロス退場）

X1　亡霊ども、クズども、法と道理に従わないぼろ切れども、
お払い箱の落ちこぼれで、血を見たがる奴ら、
ヒステリーと老化が同盟を結んだ、
頭のいかれた結社、

犬にとり憑かれた魔女の群れ、
老人ホームのカモとなる奴ら、吠えるがいい、怖くなんかないぞ。
疑いをもったり、震えたりするような才能はもち合わせてはいないのだ。
明日になれば直ちに、秩序の力が
天罰を下す大群のようにおまえたちに襲いかかり
墓地をすっかり滅ぼしてしまうだろう
おまえたちは一昨日のこの時を後悔することになる
だが、おまえたちには時間を巻き戻すことなどできはしないのだ。
今、わたしはとるに足らないものに見えるだろうが、それはわたしがおまえたちの支配
下にあるからだ。
明日になれば、おまえたちは人を惑わす「夜」から
昼間のまじめな道理へと変わることになる
「夜」は気のふれた自惚れでおまえたちをうっとりさせるが
道理のほうはおまえたちを値踏みし、屈服させ、報酬を与えることもできるのだ。
ある者にとって、それは監獄となるが、
別の者にとっては、精神病院となるだろうぜ、
そして、それを望んだのはおまえたちなのだ。

***

第8場

（「夜」、合唱隊、アイスキュロス登場）

夜　さあ、「宮殿」に入りましょう、
運命を告げる「投票」が間近に迫って、みんな動揺していることでしょう、
「国王」を除いて。
「王」には、とても謎めいた秘密の助言者がいます、
危険きわまりない思想的指導者、とても狡猾で厄介な老人です。
誰だと思います？　違う。違う。
国王の助言者は「大赦を与える者」その人であり、
心に鉋をかける人、われわれの感情を鈍くする人です。
あなたに「時間」というものを説明してあげましょう、
それは人の記憶の強力な墓掘り人です。
それは誰にも見えません。
しかし、「宮殿」のなかでは、その臭いがはっきりと分かります。
分かりますか？　この饐えた臭いが？

帳のなかの酸味を帯びた臭いが？
それがどの王国でも腐敗臭であることは、誰もが知っています。
数百年前、エルシノアの墓地〔『ハムレット』第五幕の墓地〕で、わたしはすでにこの臭いを嗅いでいます。
近づけば、臭いが染みついてしまう、
あなたの口髭に、コートに、手袋に、ヴェストに、
臭いはあなたの胸のうえで軟膏のようになって、
その後、何年ものあいだ、
あなたの皮膚の毛穴に残るのです。

アイスキュロス　このような臭いこそ、危険の知らせ。
われわれはみな、このメッセージを察知して、自問する。
この悪臭はどこから来たのか？
どんな有害な微粒子からできているのか？
われわれはみな、自問する。「国王」とは誰なのか？
そして、「王妃」は何を言っているのか？
ほら、謎のお出ましだ。ご覧なさい。

（国王と王妃登場）

国王　ずっとついて来る気か？
王妃　うるさくつきまとうつもりです
壁に亀裂が入るまで。
国王　言ってみなさい。
王妃　夢で悪いお告げがあったのです。
わたくしは巨大な「高等法院」で迷子になっていましたが
誰かを選出しようとしてか、したあとか、とにかく人々が歩き回っていました。
そして偶然ですが、新聞掛けが気になったのです
新聞がいっぱい掛かっていましたが、突然、
第一面にある黒い太字の見出しが目にとまりました。
「子供用墓地にてクイーン死去」
ショックで気分が悪くなりました。このわたしが死んだ？
ちゃんと読んだかしら？　山積みの新聞に飛びつき、
ざっと目をとおすと、涙があふれてきて、
嗚咽が込みあげてくるのを感じました、まるで苦くて太い巻き紙が巻きとられているようでした、
死んだ！　あなたにそのことを言わねばなりません、我が「国王」にとって何と恐ろしい知らせなのか。
あなたを何時間も捜しました、狼狽し、集まっている人たちをじろじろ見ながら。

一度、通り過ぎるあなたを遠くから見かけ、
そのことを言おうとしたのですが、
突然、こう思ったのです。「王」はすでにご存じなのかもしれない。
前の日の新聞ではなかったのかも？
いいえ、そうよ！　すでにあなたが知っていることを
わたしのほうは、今日、たった今知った
それに、手遅れだ！　いいえ、いいえ、まだ間に合うわ、
まだ終わりにはなっていないはず！

国王　そして、それは夢に過ぎなかったわけだ。
われわれはちゃんと生きている、二人とも、
しかも、決して打ちのめされることはない。

王妃　これは警告のようなものです。わたくしたちのなかの何かが消えかかっています。
あと二日でかれらは投票します、
わたくしたちをとても慕っている者たち
そして、それほどは慕っていない者たち。
かれらのなかで、あなたは「太陽」のようでした、
誰もがあなたと近づきになろうとしていました、
あなたの光明は崇め立てられていたわ、
でも、あなたは、あなたという「太陽」は沈んでしまわれた、

あなたはご自分の代わりに国を照らす役目を
ネオンの光に任せっきり。
どうかあの話をさせて下さい
死んだ子供たちの話を。

国王　するがよい。

王妃　かなりひどい話です。

国王　ひどい、確かに、だが、そのような話はいくらでもある
わたしは見てきた、亡霊のような顔で激しく挑んでくるその姿を
最後にはさまざまなただの出来事の「大海原」に消えてしまうのだ。

王妃　その話のせいで、わたくしたちは危険にさらされています。
たとえ身に覚えがなくても、わたくしたちは排斥されるでしょうが
何か喋ったり、実行に移さなかったために……

国王　われわれはやるべきことをきちんとやった。
わたしが何をしなかったと言うのだ？
そなたは心配しすぎて、話を膨らませているのだ。

王妃　この災難が「王国」全体を揺るがせていることがお分かりにならないのですか？
ありもしないことは分かりようがない。

国王　放っておこう。次に、われわれの運命だが、
つまり、この国の運命、すなわちヨーロッパ全体の運命だが、

あたかも医療上の些細な事件に左右されているかのように振る舞うこと、
それは大きな間違いだ、われわれはそんなことには超然としておる。

王妃　医療上の些細な事件ではありません。

国王　否。医療上の事件だ。そうだ。疥癬病に罹った医者たちの事件だ。
疥癬病は嫌な病気だが、ちゃんと治る病気だ。

王妃　でも、それがあなたの「王国」の終わりだとすれば？

確かに、小さなかすり傷など大したことではないでしょう。

しかし、そこから血が出ます。出血します。血が出るのです。

もはや、流れる血はどうやっても止められません。


国王　やめろ！　おまえ！　女々しいぞ！

誇張ほど危険なものはないのだ
政治の世界では。強い王というものは足を引っ張り合っている蟹の籠〔複数の蟹を同じ籠に入れると共喰いをする〕には近づかぬもの。

もしも籠に落ち、かなり間近に蟹を見れば、
蟹も龍のように見えてしまう。

そなた、小指の切り傷を大げさに言うものではない。

痛手であることは、わたしも否定しはしない。

だが、この事件は歴史的に見れば少しも重要なものではない。

深刻なことにはならない。だから放っておこう。

王妃　おそらくは、でも、分かりません、わたくしは学者ではありませんから。

アイスキュロス　妃よ、あきらめるな、責務に立ち返るのだ。

王妃　それでも、わたくしはありのままを感じます。国が揺れたのです。沈んだため息が喉もとから絞り出されているのです。

アイスキュロス　よし！　そうだ！　うまいぞ！

国王　余はこれくらいの地震にうろたえたりはせん。三度、戦争によって台無しにされたのだ〔二つの世界大戦とアルジェリア独立戦争〕、世界が、国が、我が経歴が、我が人生が。それでも、われわれは立ち直ったではないか、あん？

王妃　ええ、そう……そのとおりです。

夜　そんなことじゃない！　話をすり替えている！　煙に巻く気だ！

王妃　話題を変えないで下さい
わたくしは病いのことを話そうとしたのです
「宮殿」や「裁判所」や「最高諸院」で猛威をふるっている病気のことです
神経の萎縮が心臓にまで達しています。
そこにいる人たちは何も感じない、
想像力のなかに何のイメージもないのです。
かれらの目に一番ひどい行為を見せても、

「憐憫」の情などわきはしません
たといそれがわたくしたちの豪華な窓の下で起こっても、
かれらは涙ひとつ浮かべません。
かれらの体は空っぽなのでしょうか？
胸の真ん中にぽっかりと荒れ果てた空洞でも開いているのでしょうか？
憎しみの強烈な動物臭が、都市《まち》から吹き出し、
かれらの顔まで立ちのぼり、かれらに警告を与えるか、
でなくても、気持をかき立てるはず。しかし、もはや嗅覚も、
耳も、眼も、鼻もなく
かれらは忘れてしまったのでしょうか？　自分たちが死すべきものであり、
被選挙権者であり、押しつぶされ、狩り立てられうるものであることを。ひどすぎます。
かれらの目を覚ますためには何をすべきなのでしょうか？
そしてあなた方は？　目も見えぬ配下たちが破滅へと雪崩れていくのをみすみす放置しておくのですか？
何も言いませんね？
人々は「宮殿」のこの獣たちを憎んでいます
それにあの嘘つきどもも。人々が口々にしていることはそれです、
ああ、知っています、かれらはわざとやっているんじゃない。
兄弟よ、我が兄弟よ、友愛よ、

我が姉妹よ、と言っていた時、かれらは誠実ではあったのです。
そして今、このような言葉はどこへ行ってしまったのでしょうか？
心臓や頭と同じく、口のなかも空っぽなのです。

国王　そなたは大げさだ。何人かは変わった、本当だ。
だが、みながみな変わったわけではない。

王妃　イオ！　わたくしたちも変わったのです、陛下、
あたかも神々をとり替えたかのように
予告もせず、それを言いもしないで、
わたくしたち自身、そう自覚することさえなしに。
あなた方は何かせねばなりません、早く、早く、今直ちに、
何故なら、言っておきますが、あなたがもう一度循環させなければ、
涙を、感情を、魂と呼ばれているものを、
直ちに、そしてあこがれと祝福の言葉を循環させなければ、
わたくしたちは万事おしまいなのです。

国王　どうして欲しいのだ？
腐敗したわずか一人のために、大臣や裁判長、
全員を辞めさせろと言うのか？
わたしにはたった一人を残しておくこともできないと言うのか？
我が友ら全員がすっかり腐りきったとでも？

王妃　こんな甘っちょろい「王」は見たこともない、
もっと堕落しているか、もっと倒錯しているか、
あるいは、もっとシニックか、そう言いたいのだな？
そんなこと、申してはおりません！
国王　申し上げているのはあなたのことではありません！
かれらが全員腐りきっているわけではありません。
それでは、わたしは誰を切り捨てるのだ？
王妃　少なくとも……
国王　わたしは誰を降格させるのだ？　余を誰だと思っている？
余は盲目《めしい》でも、冷血漢でもない。
いつも妥協しているわけではないし
いつも譲歩しないわけでもない。
怪物でもなければ、機械でもない。
わたしは現実というものを知り尽くしている古参兵だ。
透明性がほんの少し損なわれ、不純なものが見えたからといって
わたしがすべての公僕を排除すれば、
「宮殿」にも我が卓にも誰もいなくなってしまう。
しかも、わたしだってそこにはいられなくなる。
人間というものは生まれつき胡乱なもの

それを考慮することこそ、国王としてのわたしの義務なのだ。
それに、わたしはアベルとカインの番人ではない
そうだろう⁉　わたしは我が人生と我が永遠を過ごせはしないのだ
一人ひとりの大臣に、一人ひとりの官房長官に
その他誰であろうと、そなたの朋輩たちはどこにいった？
おまえの手持ちの財産はどうなったのだ？　と一人ひとり全員に一々訊ねまわったりして。
わたしが生まれた時には、人間はすでにできあがっていた、
ある者は若干まともだったり、ひねくれていたりするが、
ほとんどは曲がっているものだ。
そんな人類をわたしがやり直せるわけがない、
あるもので我慢するしかないだろう。
わたしには罰さない道理があるのだ。
そんなことをしても何の役にも立たないのだよ。

王妃　罰するなどとは言っておりません。

国王　では、何だ？

王妃　今週、あなたの食卓で昼食をおとりになる、
あなた自身が他ならぬ極悪人の元総監と一緒に、
わたくしの世代の記憶に残した悪しき信条の人間と「王」であるあなたが同席する
どうやって、五〇年前、彼は付き従えたのでしょう

国王　四千人以上の子供たちを寸胴鍋まで
竃まで、冷酷に命じられた残忍な目的地、
おいしい食事になるわけがないとわたくしには思えます。
それをどうやって国民に食べさせたのですか？*
もちろん、わざとそうさせたのだ、
良心的な手本となる人間として、
何故なら、わたしは変わりうる権利があると信じるからだ。
根っから罪深い人間などいはしない。
一度殺せば、二度と殺さなくなる。
すべての事柄にはそうする時期というものがある。
今こそ、すべてを拭い去る時だ。
王妃　拭い去れないものだってあります。
国王　何だと、記憶がわめき立てるから、
時はその運行を止めなくてはならんし、
過去は現在にとどまらざるをえない、と言うのか、永遠に、

*示唆されているのはいうまでもなく、一九四二年の「ヴェル・ディヴの一斉検挙 la Rafle du Vel d'Hiv」（子供四一一五人を含むパリのユダヤ人一万数千名がフランス警察によって一斉検挙され、大半がアウシュヴィッツに収監された事件。一九九五年、終戦から半世紀が経ち、フランス政府の責任が当時の大統領、ジャック・シラクによって初めて認められた。映画『黄色い星の子供たち』参照）の問題である。

永遠に？　とんでもない！
何だ、今は五月か、相変わらず一二月か？
ならば、桜はまたいつ花を咲かせるのだ？
忘れることができなければ
われわれは気が狂ってしまう
繰り返し記憶に押しつぶされて。

王妃　何ですって、一度しか起こらない出来事だから
忘れられるとでも？　虚無へと投げ込まれた数千人の子供たちのことを。
つまりは、亡霊たちのいくつもの貨車、
抽象物にされた厖大な群れ、
もしくは、単なる五、六桁の堅固な数字
顔も、体もなく、横一列に並んでいる、
一、一、二、三、七。一一二三七人。子供たち。

国王　墓へと向かうことで、生命は活気づかねばならない。
人間というものは、一部が朽ち果てれば、
一部がよみがえるもの。
わたしはと言えば、それなりに前に進んでいる、足を引きずりながら。

王妃　それで例の昼食は……

国王　もはや忠告などいらぬ。

王妃　わたしのたった一人のワジール〔イスラム教国の宰相の意〕、それは「時間」なのだ。「時間」とわたし
国王　われわれがこの国を導く、もっと先へと導くのだ。大臣たちは、われわれのタクシー運転手、とてもよい運転手だぞ。
王妃　変わってしまわれた……
国王　頑固にと？
王妃　冷たく。
国王　思慮深くなった。
王妃　つまらない人になられた。
国王　もうわれわれのあいだに愛情はない。
王妃　しかし、あなたを愛していた女性は愛していた人をまだ愛しています。その女がこうして話しかけ心配しているのです。
国王　わたしという冷酷な王のためにか？
王妃　彼女はそうしないではいられないのですそれでもわたくしは、あなたのことを愛するともなく愛しています。
国王　時と共に、そなたはすっかり変わった、

王妃　全身あの〔トロイの滅亡を予言した〕カッサンドラのようになってしまった。
一人の女が丸ごとですか？　それは凄すぎます。
わたしなんてただの欠けらに過ぎないと思っている。
わたしは手、あなたの「宮殿」の壁にこう書くのです。
「気をつけて、ベルシャザル*」
身体も腕もない、手だけです、
文明が消えてなくなり、残ったのはこれだけです。
この手はもう喋ったりしません。でもまだ文字を書きます。
気をつけて！　選挙会場でお待ち申し上げます、と。
残念です、あなたはベルシャザルのようにとり乱しそうには見えない。

（守衛登場）

守衛　大臣閣下がお見えです、陛下。
国王　通せ。何時だ？
さあ、仲直りしよう。
そなたの眼をとおして見ることはかなわぬが、
そなたの眼ざしがとても愛おしい。
信頼してくれ。

王妃　ご信頼申し上げております。でも心配なのです
本当のあなたが理解されていないことが。
国王　わたしが理解されることはない。でもそんなことはどうでもよい。
選挙に負けるわけにはいかないのだ、
わたしの正しさが今に分かろう。

（大臣登場）

さあ、近うよれ。
何故かように真っ青なのだ？　何かまた問題でも？
大臣　いえ、いえ！　気のせいでございます。
数字がそれほどよくありません
お見せしたい数字が。
それに、嫌な夢も見たのです。
王妃　あなたも？

＊『聖書』、「ダニエル書」によれば、バビロニア王ナブコドノソールの子に当たる王だが、貴賓千人を集めた大響宴で、エルサレムの神殿から奪った貴金属の杯で飲んでいたところ、手が現われ、壁に謎の文字「メネメネ・テケル・ペレス」と書いた。王はそれを見て色を失った。ダニエルはそれを判読せよと命じられ、王の失墜と王国の破滅とを読み解いた。

大臣　一羽のカラスが耳元でカアカアと鳴いたのです。
「『大臣』が『眠り』を殺した！
子供たちの血は絶対に消せはしない！
絶対おまえは『闇議の長』になれない！」
『マクベス』の一場面〔第二幕第二場〕のようでした
わたしがマクベスでした。でも、
非難される覚えはありません。
国王　ああ、やめろ！　沢山だ。かなり錯乱しているぞ。不愉快だ。
神経が細いのだったら
シェイクスピアもアイスキュロスもこれ以上読むんじゃない。
さあ、その数字とやらを見せてみろ。

（「夜」が大蠟燭の明かりを消す）

夜　その蠟燭はどうしたのだ？
ガラスでできた王様の冠、粉々に割れてしまったとさ。
するとと、蠟燭は消えました……
大臣　これじゃあ、真っ暗だ。
国王　こんなことで狼狽えたりはせん。

大臣　待ちましょう、いずれ直ります。
国王　守衛！　守衛！　どこに行った、あやつは？
王妃　子供たちや母親のことを話したかったのに。
「投票」の話に夢中になって、すっかり忘れて、
言いそびれてしまったわ。
国王　直らないぞ。
夜　（アイスキュロスに）これをどう思います？
アイスキュロス　複雑です。一方ではこう思います。
「王」よ、おまえは非難されないだろうが、
有罪だ。
おまえはこの罪を犯してはいない
しかし、おまえは「王」であり、この罪は犯されてしまった、と。
もう一方ではおそらくこう思うだけです。
「こんなにも汚された空
激しい嵐が来なければ、この空が晴れ渡ることなどないだろう」と。

（蠟燭をもった守衛登場）

国王　そうだ、守衛、いなかったな。

守衛　蠟燭を探しておりました。
国王　蠟燭？　電気工はどこにいる？　「修繕係」を捜して参れ、直ちにだ。いらいらさせられるのは望まんぞ。
守衛　それが……「修繕係」はもうここにはおりません。
国王　もうここには？　じゃあどこにいる？　さあ、隠すな。
守衛　墓地です。
国王　死んだのか⁉
守衛　いえいえ、違います！　死んでなどおりません。
国王　どういうことだ？
大臣　墓地に？　あいつらと一緒なのか？
守衛　そうです。
国王　ああ！　分かった！　奴を呼べ！
守衛　電話がありませんが。
国王　使いをやれ。来てもらわんと困る。
　　　どっちにしたって、これじゃあ始められん！
　　　分かった、探しに行ってこい！　行ってこい！

（大臣退場）

これはすべて異常だ！
宮殿のなかに、室内装飾のなかに、その雰囲気や人の顔つきのなかにも、
何か変わったものがあることは確かだが、
それが何かは分からない。それに、時間もおかしくなっているようだ。
あっという間に一時間経っている。
（眠っている守衛を眺めながら）こいつは眠っている、
この風が私に襲い掛かり、切り裂こうとする、
あの樫の木は突然葉を落とす、
わたしの樹液、わたしの幹。
あのリスが枝にありったけの爪を立て
かじる、かじる。どこもかしこも同じ。同じことだ、
同じ獣、かじる、かじる。
だが、おまえたちはみなここにいて、わたしに無数の爪を突き立てる！
小さな悪魔たち。わたしが餌をやらなかったというのか？
それでは何だ？　逆転換？　おまえたちは見捨てるのか？
ああ、やっと「修繕係」が来た……

（修繕係が現われる）

修繕係　それで、古くからの友よ、一晩姿を消し、
明かりもないところに友人を残し、
何の説明もなしか？
王様、電気修理にはもう耐えられませんでした。
わたしはあまりにも不幸でした。
国王　何故だ？　おまえが深い悲しみにあるというのに
わたしは知らなかったのか？
修繕係　いずれにしても知っておく必要があるでしょう
明かりがちらつく宮殿のなか、
三年前からずっと五分ごとに電気のヒューズが飛んでいることを
ある時はどれかの部屋で、ある時はサロンで。
ここで必要なのは
わたしのような電気屋ではありません。
必要なのは神聖な祈禱師でしょう。
わたしは総選挙のあとで姿を消すつもりでしたが、
ぐずぐずしていても何の役に立とう、
幻滅しているのに宮殿にとどまることこそ、罪です。
国王　われわれは知り合って四〇年になるというのに
突然そんなことを言う！

しかもかなり芝居掛かって！
その件にわたしが何か関係しているとでも言うのか？
少しは本音を言ったらどうだ。

修繕係

問題は、この「王国」に気高さがなくなってしまったことです
それは数年前から始まりました。
問題は、生き生きとした夢が石化してしまい、
感情のほとばしりが硬直してしまったことです。
一九四一年からつい最近までわたしは有頂天で、
その熱狂が生涯続くと信じていました。
何でわたしが王どのを非難するのか、言ってあげましょう。
最初の場面で、わたしがこれをやります、と言いました
そして、第二の場面であれをやりました
次に、第三の場面でわたしはこう言いました
たった今やったことはまさしくこれです、
最初の場面で約束したとおりのこれです、と。
あなた、王どのを非難しているのは
わたしを信用してくれなかったからです。
四〇年間お側におりました、
一度でも離れたことがありますか？　剣士、友人、下僕でした、

どの戦いの最中でも、どの都市を前にしてもです。
修繕係に嘘をつく必要はありません
ここに在られる君主をわたしはあらゆる角度から見てきたのですから。
わたしがこのお方を非難するのは、こう仰らなかったからです。
「友よ、今年は期待しないでくれ、
約束は果たせないと思う、
来年にも期待しないでくれ、
できるだけ早く我が武器をとるから」と。
修繕係はとどまらなかったと思われますか？
話さねばならなかったことがある、
時間がなかった。そんなことは思いもしなかった。

国王

三〇年間、わたしたちは人類のことを考えていると信じてきました
しかし、ここにいるお方は人の皮を被った残虐な化け物と食事をしている。
わたしは見たのです、牢獄に入るべきはずの連中にあなたが勲章を授けるのを
そして、あなたの右腕、あなたの剣士、あなたの腹心であるわたし、
わたしも同じように、食事をし、虚飾で覆い隠し、譲歩してしまった、
あなたはますます「王」となり、わたしはますます自分ではなくなる、
日の光が当たらぬ「宮殿」のなか、辛い任務を続けました、
昔信じた神様たちに逆らってです。

修繕係

国王

しかし、この食事のおかげでわたしは完全に呪いから解き放たれ、
すぐに結論を引き出しました。

今、わたしは「亡霊」や「クズ」と呼ばれる連中と寝食を共にし、
考えを共有しています、
わたしは一度たりともあの食事を信用してはいなかったはずです。分かった！　そこにいろ。すべては終わりだ。終わりにしてやる。忠誠の終わり。十分言ったな。聞きすぎた。

切ってやる。切る。何もかもを！　全部だ！

この枝もだ。そして風よ！

このすべてを我が頭上に落下させるがよい。

「王」に友などいらぬ！　切れ！

切ってしまえ！　わたしは忍耐力がありすぎた。

去れ！


（修繕係退場）

昔だったら、このような裏切りには
吐き気を催したことだろう。
だが、死のスープを毎晩のように飲み

今ではすっかり毒物にも慣れてしまった。
わたしを見捨てるがよい、最後の友よ、
最後の裏切り者よ。

（大臣と共に明かりが戻る）

大臣　ああ、明かりがついた！
国王　誰が修理したのだ？
大臣　わたくしでございます。
国王　そちか、実に、満足だ。
それでどこまで話したかな？
大臣　投票数についてです。申し上げようとしたのですが、
数日で一〇万票ほど負けてしまいました。
国王　誰のせいだ？　市民を励ますどころか、
想像もつかない選択をして、
わたしに責任をかぶせるつもりなのだな。
大臣　そこまで仰いますか？
国王　もっとやり合おう。
それとも仲直りするか。

（電気が切れる）

これはそちではないのか？
もう反目し合うのはやめようではないか。

（二人は退場する）

アイスキュロス　最悪の知らせを心配しておくべきだ、
最悪の事態にならないためには、怖がらないほうがよい。
すべてがとても複雑になっている。
やれやれ！　急ぎ墓地に帰りたいよ。

夜　教えておくれ、ベルシャザルとは何者です？

アイスキュロス　誰がベルシャザルを知らないって!!?

夜　わたしよ！

アイスキュロス　ある日、一人の王様が自分の国を食べていました
金と銀でできた食器で
——これは聖書で読んだのです——
その時、神様はとてもお怒りになって

王様の壁に一本の手を送りました……
行きながら話しましょう。

（二人は退場する）

＊＊＊

第9場

（上院議員のフォルツァとその補佐官である隊長さんが登場）

フォルツァ　おや、隊長さん、眼がぎらついていますよ。
戦況はどうですか？

隊長さん　それが、上院議員、殺された子供たちの母親ですが、
「中央墓地」に立て籠もって、
どうやらかなりの騒ぎを起こそうとしているようです。
どうぞ、データをまとめておきました。

フォルツァ　ああ、それはいい！　いいタイミングだ！

満足です。すばらしい目論見、
われわれだったらこれほどうまくはやれなかった。収拾はつかないわけだ！
常に死が繰り返される。感動です！
子供たち！　そして新たな展開。

隊長さん　あとは例の医者たちだけです。
彼らがわれわれの味方なのは残念ですがね。

フォルツァ　誹謗中傷だ！　それがわたしの言えること。
それにあなたは、新米で、価値なし。
たとえわたしにでも、そんなことを言うものではありません
今のように微妙な時期はね。

隊長さん　ああ、仰るとおり。誹謗中傷です。

フォルツァ　でも、教えて下さい、母親を、彼女を追いやったのはあなたでしょう？

隊長さん　まさか、正直言いまして、わたくし、その件には何も関係しておりません。

フォルツァ　そうですか、それは、とても、とても結構。

隊長さん　はい？　でもわたくし、考えたのですが、上院議員閣下、
このぱっくり開いた傷口に
唐辛子をすり込んで、ヒーヒー言わせるのです。
憎しみが燃え上がるでしょう。
政府は非難の的となり、

われわれの仲間たちは怒り狂い、追い立てます……

フォルツァ　やめなさい！　こっちは勝つことを考えるのです、このフォルツァに考えがあります。

この場合には、わたしの考えはこうです。

つまり、われわれがやることとは、何もしないということ。黙っているのです。

われわれは動かない。

「国王」とその陣営の全員が着々と泥沼にはまり込むことでしょう。

われわれの陣営はその逆で、

下にいる奴らを高みから見物する

自分たちのしでかしたことによって自滅してゆくのを見物するのです。

民衆はひとりでにうんざりするでしょう。

「この汚いものは何だ」と連中は思います。

それで、あちこちの家に行きます。

「あの泥沼を見たか？」と互いに尋ね合い、

「奴らの排泄物だ。奴ら、

もう一方とは違う系統の出だと鼻にかけていた奴ら」と誰かが言うと、

「お金も汚れもない、

質高き魂、

それだが、奴らは顎まで泥につかっている」と誰かが言う。

すると別の誰かがこう言う。「奴らはみんなと同じで
そのことを言おうとはしなかっただけさ！
奴らのどこが対決している相手より悪者ではないといえるか？」と。
そしてもう一方は沈黙したままだ。
これこそ、みずからの激情から連中が次第に言い始めることです。
だからなおさら、時期悪く大口をたたかないようにしましょう、
今はその時ではない。何ひとつ出費することなく
この事件からわれわれは一〇万票を手に入れられるのです。
敵の焼いてくれるパンはわれわれのためになる。
「厭々ながら、恩人にされ」、まるで喜劇のタイトルですね〔モリエール作『厭々ながら、医者にされ』のもじり〕。
こんな戦い、見たことがない。
わたしはぼろ儲け！
この戦争では、われわれの敵、貧者どもは
おのれに敵対して立ち上がり、みずからに向かって突撃する
そして、われわれの立場を強化してくれるのです、わざわざかれらの自費を使って、
かれらが自爆してくれる鉱山を掘ってね。
どうぞお続け下さい、かのご紳士方!!!
ヘマをどんどんやりたまえ、日々の悪戯な悪行をわれわれに対し冒したまえ、

あなた方諸氏を突き動かすのは、間違いなくあなた方にとっては悪魔、
われわれにとっては神なのです。不幸はまだありますよ、紳士諸君、
あなた方の誤りによって、われわれは玉座まで運んでもらえるでしょう。
そこでかれらにできることは何もないでしょうが、われわれを善人にしてくれるけれど、
それで奴らは瓦解です。
ですから、あなたには計画日程の段どりを言い含めておきます
われわれの「参謀本部」に伝えに行くのです。
まず死んだ子供たちについて
火は十分燃えています。ですから、油を注ぐ必要はありません。それには及ばない。
棺桶のなかの連中にぐだぐだ喋らさないようにしましょう、
そうすれば、人々はわれわれに感謝するでしょう。
次に、フォルツァの掟を忘れてはいけません。
人が欲しがるものを欲しがることができねばなりません
そしてそれに徹さねばなりません。
徹するの徹は鋼鉄のてーつーとも書けるんですよ。
ゴミクズを経験していることは、わたしには利点です
ずっと小さい時から経験したんですよ。
わたしの父は軍人で、母親は床を水拭きしていました、
わたしはみじめな生活から世間というものを学び始めたのです。

われわれの人生は頂点を目指すドラマのようなもの。
国家を手に入れたければ、わたしについてきなさい。
わたしに歩調を合わせるのです。
頂上に達するためには、何でも利用します
そして時宜にかなうよう、必要に応じて
人間になったり、蛇になったり、犬にもなります、
よじ登っていくのに、足が汚れるのを怖がってはいけません。
急な坂道では、這って進むのです
上に登りさえすれば、包帯だって巻けますから。
だから、まずは怖がらないこと。
次に、恥ずかしいと思ってはいけない。
正面にいる者たちの見かけを見てごらんなさい、
かれらは恥じています。われわれのもとでは恥など決してありません。
フォルツァの周りを見てご覧なさい。
傲慢な詐欺師ばかりです。
わたしは政治の話をしているのです。
詐欺とは相当難しい職人技で、
詐欺の際、口ごもってぼそぼそ言ってはダメです。
計算ずくで犯すことはすべて

素早く、確実にやって、あとに痕跡を残さない。
いかなる痕跡もあってはなりません。
現場を押さえられるなんて以ての外。
見かけこそが本質
そこにこそ違いができるのです。
その一方で、向かいにいる連中は偽金造りとなる。
連中はわれわれの猿真似をしているくせに、むやみに気むずかしいことを言う。
だから、わたしは連中が嫌いなのです。
投票のことに話を戻すと、
この時期は、目立たない格好をしておくこと、
灰色の服とか。控えめに抑えるのです。
しかし、あなたたちのなかに
われわれの目的に役立つ何かちょっとしたことを、つまり、ちょっとした卑劣な言動を
見つけて、すぐに神経を苛々させられる者がいれば、
かれらをすぐにわたしに会いに来させるのです
当然、正体不明の服を着てね。
どんな人も出身がわかるような様子をしてはならないのです、絶対にね。
例えば、隊長さん、
国務長官は運命の定めたあの日に一体どこにいたのでしょう?

隊長さん　そうです！　奴らを焚きつけることができたでしょう、墓地の奴らを、奴らの裁判に大臣たちも引き立ててゆけば、そして、気づかれないように、他にもいろいろ、違いますか？

フォルツァ　人質もそう思ったはずです。

こっそりと手助けしてやれば、裏をかいてやれるのです。

よし。若者よ、すべてを言ってきなさい、われわれの仲間に。

隊長さん　最善を尽くします、フォルツァ上院議員。

本当に感嘆しました、あなたはとても有能だ。

フォルツァ　我が名がそう望み、わたしはそれに忠実なだけです〔イタリア語ではForzaは「力」「強さ」の意味で、音の響きからは『ハムレット』の最後に登場するフォーティンブラスも連想させる〕。

隊長さん　あなたが「王」と呼ばれればよいのに、まったく！

残念です。

では行きます、上院議員、あなたにお仕えいたします。

（かれは退場する）

フォルツァ　「残念です！」だと、青二才め！

見ていろよ！　王としてうまくやってやる。

わたしがどこに行くと思っているのだ、このわたしが？　控えの間か？
我が名は一日に十回は発せられる
それでも、おまえたちはほとんど注意を払わない。
わたしは会ったこともないのに親しみのある人物だろう。
こういう具合に、絹のようなわたしのヴェールに包まれ、おまえたちの運命は進んでゆく
この時代の隅々まで
わたしの名が記されるその日まで。
洞察力の鋭さにはまったくの驚きとなるだろうが
事情はいつもこんなものだ、
これが人間の巡り合わせというもの。
人には支配者の到来など分かりはしない。
すでにおまえたちはフォルツァ教の時代にいる、
おまえたちはそのことに気づいてはいない、だからわたしが教えてやろう。
今日、大勢のなかの一人が、
こっそりと示すのだ、わたしがほくそ笑んで待っている
来るべき「時」を。
そうだ、そいつだったのだ
「時間」が幕の後ろに隠していたのは！
それでは明日！

（かれは退場する）

⁂

第10場

（墓地。X2登場）

X2　すべてが俺に告げる、決着をつけろと。
俺も自分にそう言い聞かせている。
もう俺は自分の幻影になったんじゃないのか？
俺は俺自身であった人間の亡霊
未だ残酷に生々しく生きている人間の幻ではないのか？
何をしている、二叉にされた哀れな男、
墓のあいだにまだ立っているのか？
昨日、俺は表彰される夢を見た、
俺がアカデミー〔学士院〕に入る……

こだま　デミー……

X2　そして悪口で目が覚めた、
人殺しと呼ばれたんだ。
粉々になった者たちにとって、
残忍で、情け容赦ない公の死刑執行人のような者。
さあ、伏せろ！　俺は死んで、忘れ去られるのだ。
名もなき岩に守られて眠りたい。
だから、死者たちのアカデミーであるおまえたち、裁くことなく迎え入れてくれ、
もっとうまくやれたはずだ、などとは言わないでくれ
俺がここに来ているのだから。
墓石よ、おまえは、誰を守っている？
呪われた闇よ、わざと見えないようにしているのか？　触ってみよう……
シェイ、ク……シェイクスピアか？　ありえない！
何故ありえないんだ？　何故世界はこの程度の美しい空想力をもっていないんだ。
シェイクスピア、あなたを信じています、あなたなら哀れな男のことが分かっている。
この男は筋肉を覆う皮膚のように俺にくっつき
今や俺がかれだと言い張る。

こだま　くっつく。

X2　俺は成されたことをやるべきではなかったのかもしれない、

しかし、それが成された時、俺はそんなことすら知らなかった。
自分がやっていることを知っていれば
そうしようとしていた時に……
しかし、ひとつの行為のなかには
謎めいた多くの行為が隠され、密かに準備されている。
俺がやったことをやった野郎、
俺はその男を知らないし、
犯人でもない。

こだま　……犯。

X2　子供たち……。俺は止められなかった。
つまり、一瞬、しくじったということだけなんだ、
子供が溺れ
そのあいだ、水に飛び込もうとはしなかった、
そして子供は死んだ。

こだま　水に飛び込もうとはしなかった？　下司野郎！

X2　でも、本当の自分とは正反対のことをして生きてはゆけない。
それに、俺をおとしめる権利なんて、俺は誰にも認めない……

こだま　しめる！

X2　俺だってあんたたちと同じ人間だ、で、俺は、

とにかく、かつて災いをもたらす大将だったこともないし
今だってそうではない、
俺がもし船長だったら、
こんな風に難破することはなかっただろうが、
俺はサブ・リーダーだった。
副官の役を割り振られた者というのは
あらゆる悲劇の登場人物のなかでも
一番不幸な登場人物だ。
俺たちは従ったり、背いたりすることを命じられる、
誰も尊敬してはくれないし、何の得にもならない、
罪も、勝利も、減刑もない。
絶対的リーダーとして大殺戮を指揮した者、
俺はそいつを止めるためにやれることはすべてやった
もちろん、サブ・リーダーとしてやれることはすべてやったんだ。
諭したし、咎めたし、床を蹴り、
扉をバタンと閉めもした。でも無駄だった。
それとも、そいつを殺すべきだったのかもしれないし、
副官の状態を抜け出せば良かったのかもしれない。それとも、逃げるべきだったか？
おまえは……殺す……

こだま

Ｘ２　そうすべきだった、そうすべきではなかった
殺す、殺さない、どっちかの選択をできればしたかったのだ、
でも何を、どうやって、ああ、気違いにならずにできたろう。
分かれ道で
永久に光から遠ざかる道を選んでしまった。
何だか分からない力に焚きつけられ
自分が憎んでいる相手の後につき従ってしまった
それからずっと、心の奥でわき起こる嵐に突き動かされ、
人間という塵芥の小さな小さな一塵のように吹き飛ばされて
惑星の周りを流されているだけ、休みなく。
こだま　休み……なく。
Ｘ２　永遠にぐるぐる回っている、
俺に対抗する俺、心臓まで半分になり、
張り裂けた胸のなか
死と生が俺の動脈をつかみ
この相反する力がそのすべてを振り絞り
うめき声を上げることで、
自分固有の「人格」を否定されるという
不幸が延々と続いている。

俺にとっていいことは死ぬこと。
俺にあの世への脱出を思いとどまらせるのは、恐怖
扉の影から子供たちが俺を見張っている、
それでも、死なないかぎり、俺は間違っているのだ。
しかし、今日死ぬということ、
どんな実りももらえず、
こちら側ですべてを失って
そして、あちら側に逃げたって
得られることなど何もない
早すぎる死を誰が受け入れる？
祝福も出生の認知も伴わないで。

こだま　出生。

X2　俺は自分が望みたくないことを望む。
生きることであろうと死ぬことであろうと、
自分が望むことを望んではいけないのだ。
神経の限界で、
最後通牒をみずからに突きつける
俺を打ちのめすと同時に、俺が拒絶する最後通牒を。

こだま　死ね。

X2　死ぬ！　嫌だ！
どんな密告でもする。
最後の審判の壁の下まで俺を追い立てる権利など、誰にもない。
かなり高いところから自分を見てみる必要がある、二分され、分断され、切断されたの
だから、自分が無罪だということが分かるように。
そのことを洗いざらい大声で言おう
誰もいないところで。
こだま　誰も。
X2　証人は、神々以外にはいない
それに、地底で眠っている者たち。
シッ！　誰か来る！
今言った言葉の残骸よ、消え去れ！
こだま　残骸とは、おまえのこと！

（X1登場）

X1　また会えて嬉しいぞ、友よ。
X2　あんたは俺の友だちじゃないし、俺もあんたの友だちじゃない。
そんなことは一度もなかった。

あんたにどうやって返せばいいのやら
あんたが俺に与えたすべての不幸を。
俺は決してあんたのような人間じゃなかった。
俺は科学をやっていて
あんたは商売をやっていた。

X1

おい、ちょっと、毒舌も過ぎるぞ、
やめろ、ノイローゼめ、撃つぞ！
こいつはピンクの唇で「科学」と言う。
偽イエス、奴隷商人、ケチな幇間《たいこもち》、
「無原罪の御宿り」野郎！
この「科学」にはカギ括弧と飾り襟と
操正しき纏足がついている。
俺のほうは、スープをかき混ぜ、炭を焼く者、汚れている、
触るなってわけか！　誰が出したんだ、こんな安物？
神父が養ってくれるのか？　誰が守ってくれるというのだ？
おまえたちは清潔で、俺たちは糞まみれか？
手を汚すのは俺たちで、おまえたちは触りさえしないんだろう？

X2

俺は汚れてはいない、すべては科学のためだ
あんたらにとって、すべては貪欲を満たすためだろう。

X1
X2

おまえは我慢強い俺を苛つかせている、気をつけろ。
社長、まあ、あんたがそう言われているのは、
その職務に従事しているからだが、
でも、そいつは艦隊をどうやって統率するんだ、
大河や川や運河、
生命の循環全体を、
俺たちの流れの地図が読めない者、
文字をもたない男、
ただ数字しかない。そいつはひとつの言語しか話さず
よそ者やよその「国民」から来た言葉はひとつも分からない、
頭脳なしで国際会議に
参加するような男、
だから、記憶することもないし、破廉恥そのもの
ポケットだけは漏斗のような形をしていて。
だから、こんな人間はあらゆることを間違った方向に無理矢理もってゆく
与えられた権力を振りかざして、
しかし、誰が与えた？　こんな不当な権力、どこからあんたらにもたらされたのか？
俺の知らないあんたのお友だち
どうやら連中はかなり顔が広いらしい。

X1　やっと分かった。何年も前から俺の背中にナイフを突きつけていたのが誰か
俺が防衛ラインを死守しているあいだ、
俺を引き渡し、裏切り、
俺がうとうとしているあいだに髪の毛を切り、
売り渡し、俺をみる影もないようにしやがった〔連想されているのはいわずもがな、サムソンとデリラである〕。

X2　片眼の男が自分の眼を自分の指で突いていやがる。
誓ってもいい、思っていることを口に出したのはこれが初めてだ。
かなり秘密めいた様子で俺が打ち明けたことがあると誰かが言うかもしれない
一度もないのかって⁉　一度もない。
そんな奴なら、毎日でも買収されて平気だろう、
俺がこう言ったことがあるとでも？
金は、粗悪品を最高級品と信じ込ませてしまう、
俺がこう言ったと誰に言える？
汚職はあいつの体質だ、とか、利益があいつの斥候係なんだ、とか、
俺が口にするこんな恐るべき言葉は誰にも決して聞いてはもらえなかった。

X1　証拠も出さないで
どうしてそんなことができたと言えるのだ？

X2　証拠はあった、あんたが裏書きした小切手、

そして明細書、震える手のなかに
俺はもっていた。

X1　卑劣、二重の卑劣！　おまえは小切手を見ていながら、何も言わなかった！
それでご立派な証言をすることができたかもしれないのに。

X2　あんたは俺を助けてくれたことがある。その借りを感じたからそうしなかったが、今で
はそれを後悔している。

X1　この汚職の徒がおまえを養いつづけることを望んでいたんだ。
いや。それは願望じゃない、恐怖だ。
そうだ！　その光景がまざまざと見えるぞ！
おまえは俺を告発するが、俺はおまえを引っくりかえしてやる
この泥の海のなかにすぐにでも。言っておくが、分け前はあったはず、
俺たちは同類で、五分と五分だ。
立証できない。

X2　だからといって、汚れていないことにはならない。

X1　あんたには戦慄する。でもすぐに、自分にも戦慄する。
俺たちは恐ろしい存在だ。

X2　ああ！　俺はあまりにも長くあんたに従ってきた！　長すぎた！
だからあの時、そう、最初の段階で、
逃げていれば良かったんだ。

Ｘ１　「友」とは蛇のようなもの！
　　　昇進させてくれた人を
　　　おまえは死ぬまで苦しめる気か⁉
Ｘ２　昇進させただと！
　　　ライヴァルの誰よりも早く、高く。
Ｘ１　おまえを雇った時
　　　それより大事なことなどなかった。
　　　医学を学び始め
　　　医学を修めるまで、
　　　おまえの人生のすべてがちゃちなものでしかなかった。
Ｘ２　ちゃちなもの！
Ｘ１　すべてだ！　ちゃちな免状、ちゃちな名声、
　　　ちゃちな研究、ちゃちな発見、ちゃちな知識。
　　　しかし、おまえはまぐれでわたしに出会えた。
Ｘ２　あんたはちゃちな者を集めるのか⁉
Ｘ１　まあ、そのエキスパートだな。
Ｘ２　俺に話しかけているのは気違いだ。
　　　本当にがっかりしたよ
　　　もう何も言わない。

X1

おまけに、こいつは泣いているぞ。
そうだよ、俺たちのことを嘆いているのだ、俺に敵対するおまえ、おまえに敵対する俺、
昨日の友は、不幸にも、今日は敵となり
両者とも獣と化してしまった。
奴らにどれほど苦しめられたことか、あの猟犬の群れに、
奴らは俺たちに悪質な息吹を吹き込んだ、あの陰険な輩、
俺はおまえに一言言った、
このたった一言が大変なことになってしまったのだ。
そうなるとは思わなかった。
口を開くと、自分が思いもしない妄想を産み出してしまう。
おまえは、これまで唯一信頼できる人間だった。
言っていることが分かるか？

X2

ああ！　そのとおりです、あの犬どもが俺たちをとり巻いてからずっと
すべての人間が顰め面をして、敵意を抱いていると思ってきました。
秘書たちのスカートの下にはハイエナの脚があり
弁護士たちには蹄があり
友人たちは悪意のある息遣いをしている。
そして俺には分かりませんでした
憎しみがこれほど感染するとは。

侮蔑で心は痛めつけられ
悪魔のような辛らつな言葉で
俺の人生全体に
おぞましい光景が注入されてしまった。
俺たちは間違いからくる悲劇の犠牲者なのだ。
神とは盲滅法の突風のようなもの。
襲いかかる場所を探し求め、
「宮殿」に襲いかかる代わりに
俺たちに襲いかかった。

X1

そして、人々は過ちと糾弾というこの陰謀のなかに
閉じ込められるままとなり、
苦しみと苛立ちの棘のもと
誰かれかまわず最初に入ってくる者に飛びかかった。
俺も、あなたを殴って、脇腹に噛みついた。

X2

結局、始めたのは誰だったのでしょうか?
司令官の地位にあなたを就けたのは誰だったのでしょうか?
とても脆くて脆くて、傷みやすい積み荷を
この男に託したのは誰だったのか?
自分の牢屋の格子越しに喚きすぎて

X1　結局俺は忘れてしまった
すべての過失があの手強い親たちによって引き起こされたことを
今やかれらは自分たちの子を自分たちの子と認めようとはしない。
盲目の「神」と猟犬の群れが
攻撃を仕掛けるべきなのは
かれらと「国王」とそのお偉方たちに対してなのに。
X2　それでは、俺たちは和解したということか？
X1　もちろんです。
それなら来たまえ、協力して守りを固めよう。

（X1退場）

X2　ついて行きます。シェイクスピアよ、分かりますか？
俺は死にたかった、でもその瞬間は過ぎ去ったのです。
不安がよみがえり、怒りの感情から、
不幸にも、似ても似つかぬ双生児を、ゾッとするほどの分身をもつことになったのだ。
ああ、そんなこと一度も経験したことはない！
憎み合った俺たちが団結する！

（X2退場）

⁂

第11場

（子供たち登場。「数えられないものの歌」）

ダニエル　（歌うように）また一人、助けてくれ、バンジャマン！
　今、僕たちは何人なんだ？
バンジャマン　（歌うように）　数え直さなくちゃ。
ダニエル　（歌うように）　手伝ってくれ、バンジャマン、
　計算できないよ。
　ここにいるみんなをただ合計すればいいのか？
　それとも、死にそうな子供たちを
　死んだ子供たちに
　足さなきゃいけないのかなあ？
バンジャマン　（歌うように）　まだ来ていない子、

ほとんど来ている子、
それって、足すんだっけ？
引くんだっけ？
それから、僕はまだ人間なのかなあ？
「数えられないものの歌」を歌おう。

ダニエル　（歌うように）わけもなく数えつづけて数ヶ月になる。
一三八〇
足す僕は、一三八〇と一、
それにもうじき出てくる子供たちを足すと、
その上に、それを置いて……
ああ、繰り上げるのに一をとっておかなくちゃ。
学校に通っていた頃は、
数字って、もっとすっきりしていて、切りが良かった。
今は、僕たちみんなとっても出来が悪くて、
僕なんか、前の十分の一もできない。

（「夜」登場）

夜　（歌うように）子供たちよ、何をしている？　学校にも行けない小学生たちよ、

平方根など知らないというのに、
切りのないものを繰り返し数えようというのか？
子供のあとにまた子供
災いが広がる。
このような破壊がずっと続くのです。
だから、哀悼のなか、わたしと一緒に糸杉〔『聖書』のレバノン杉、また、糸杉は英雄の死の
象徴でもある〕のなかへ行きましょう
ついに新しい「裁き」の時が来たのですから。

⁂

第12場

（合唱隊、復讐の女神たち、アイスキュロス、敵対者たち、弁護士たち、母親など、全員登場）

夜

星々よ、持ち場について、この戦いの場に降り注ぐのです
永遠の公明正大な光を。
「黙示録」の僕《しもべ》たち、

鋭利な剣で口を一杯にした天使たち、
大気に息を吹きかけ、透明にするのです
この「集まり」の席から発せられるどんな乱れた言葉も
色褪せることがないように。
死者たちよ、死んでいると思われているが、実は生きている者たちよ、
頭の上に重くのしかかっている墓石をどかしなさい
そのせいであなたたちが呻いたり囁いたりできない石を。
群衆のなかにご自身の居場所をとり戻して、喋りなさい！
ここでは沈黙とは口が利けないという意味だとはもはや言いますまい。
今夜、われわれが今までになかった幸運の口火を切るのです。
時間が長く思われるあらゆる時代において
いつか、「裁き」が正しいものとなるチャンスが一度だけあるとすれば、
それは今、われわれの目の前で起こるのです。
だから、ここへ登ってきなさい、アイスキュロス、笏《しゃく》をとりなさい
そして群衆を引き入れるのです
人々の心を解放する厳格な催しに。

アイスキュロス　話しましょう
すぐにあの母親に発言させます。
進め、叫べ、おまえの叫び声に

すべての母親の苦痛が投げ込まれるのだ
もう絶対に呼び求められることのない母親たちの。
母さん！　ああ、お母さん！　お母さま！
なぜなら、子供たちの声は
時の砂に飲み込まれてしまったのだ。

母親
……イオ……

復讐の女神たち　もっと大きな声で！　息を吸って、思いっきり叫べ
望みどおり、死刑を要求するのだ。

…………

そうか、叫ばないのか？　彼女は緊張している。

母親
大丈夫！　声が戻った！（X1とX2に向かって）いくわよ。
結局、わたしたちは接触することになった、わたしの土地で！
あなたたちの所為で、わたしたちは郷を離れ
あなたたちをここに誘い込むしかなくなった。
わたしが要求するのはたった一言。
この言葉がどうしても欲しい。
たった一言、でも強力な一言。
その言葉には殺人をやめさせる力がある。

復讐の女神たち　で、その途方もない言葉とはどんな言葉なのだ？

母親　「悪かった」
これがわたしの聞きたい言葉
この口やあの口で言って欲しい。

復讐の女神たち　一言⁉　この人殺しにそんなことを求めるのか？
血による償いに比べれば
一言の力などどれほどのものなのだ？
悪かった！　悪かった！　誰だって
すぐに言える、こんな短い音節。
わーる・かった！　簡単なことだ！
認めない、決してどんな言葉であろうとも
牛や豚の生贄の代わりにはならない。
…………
ノンだ。この患者たちの医者こそ、罰を受ける者なのだ。
…………
そうだ、人間の善行のためだ、
罰だけが人間を制御し、人間の癒しとなる。

マルゲール先生　その言葉、われわれは言っていたと申し上げておきましょう、
そして、次は？

母親　ですから、その言葉が言われればすぐに、

不幸は終わります。
天国の大きな扉、そこには「赦し」があり
罪も怨念も消し去ってしまいますが
その扉はすぐに開かれます、そして他ならぬその時、
二つの陣営で完全武装したすべての者たちが、
それぞれ共通の合意を得て
「地獄」から抜け出すのです
わたしたちがかくも長きにわたって怒りで煮えたぎってきたその地獄から。

ブラックマン先生　その言葉、それを口にすることなど、われわれは決してない‼

マルゲール先生　この広間に誰かいますか
この餌に喰いつくような愚か者が？
その言葉を言ったとして、そのあと、
わたしが、続きを言ってあげましょう。
言ったが最後、直ちにこの場で逮捕され、
独房に放り込まれ、法廷に引き立てられ、
有罪となり、処刑される。
というのも、この言葉を言うことで、われわれは
犯罪行為を自供したことになるのですから。
この女は断罪する言葉を要求している！

これこそ悪魔のような術策。
われわれは和解の手を差し伸べているはずなのに、バッサリ斧が振り下ろされる。
幻想を捨てなさい、奥さん、われわれはあなたの女らしい罠には掛からない！

復讐の女神たち　よし、これこそ、申し分なき男！
おまえ、弁護人よ、絶対に譲歩するな
さもないと、わが役目の達成をおまえが邪魔することになるやもしれぬのだ。
頑固になれ、決して爪の先を削ってはならぬ。
…………
おまえは、この言葉を言ってはならん。
言ってしまえば、一息で、物事の秩序というものを
消し去ることになるのだから。
代わりに、「犯罪」という言葉をおまえが言えれば
わたしはとても満足だ、被害者のために、わたしにはその言葉が必要なのだ、
そうだ、おまえたちのどちらかが「わたしが犯罪人です」と言えば、
もう一人も「わたしもです」と繰り返すだろう……

X2　犯罪？　誰が罪なんてことを話題にしている？
これまで人の殺戮と言っていたのに！

X1　俺が殺したいと思ったというのか？　かれが殺したいと思ったというのか⁉
この俺が今までに指一本でも誰かに触れたことがあるか？

何人《なんぴと》にも一度として薬や毒を飲ませたことはない。

ブラックマン先生　そうだ、かれは殺したいと思ったが、嘘はつきたくなかった、などと
誰が誓って言えるだろう？

復讐の女神たち　殺したく思った、これまた別の言い方！

…………

言葉というものは真っ当に始まり、歪曲して終わる、
そこに筋道などはない。

それでも、おまえたちはわたしから逃れられない。よし、罪という言葉はとり消そう。

しかし、殺すという言葉は残しておくぞ。

従って、おまえたちが殺したのだ
たとえ殺したくはなかったとしてもだ。

それではどの点で殺したと言えるのか、教えてやろう。

われわれに死を避けさせるために、おまえたちは何もしなかったのだ。

…………

そうだ。手を下さないということが殺さないということにはならない、
殺さないということは、殺さないためにあらゆることをやるということだ。

おまえたちは殺さないためにあらゆることをやったのか？

やらなかった。おまえたちは殺したくないと思ったのか？

X1　そうじゃない。殺すことなど論外だった。

Ｘ２　でも、死ぬことが問題じゃないのなら、どうして、死を避けるためにわれわれに何かできたはず、ということになるんだ？

母親　……ああ……

復讐の女神たち　ああ！　聞いたか？　かれは殺したくないとは思わなかった。つまり、まさしく殺したいと思ったのだ。

Ｘ１　この俺が殺したいと思っただと⁉

復讐の女神たち　まさしく殺したく思った。そうだ。だって、おまえたち、おまえたちは殺したくないとは思わなかったのだからな。まさにそう言ったのではないのか？　答えろ！

マルゲール先生　答えないで！　あなたたちは意地の悪い言葉でわれわれの言質をとろうとしている。

Ｘ１　答弁を拒否する！　文法の網の目のなかで俺を混乱させたいのだな。

復讐の女神たち　よし、ならばこの質問を聞くがいい。われわれの子供たちはみな花開かせることができなかった。手を血に染めながらおまえたちは殺さなかったと言う。ならば、過ちは誰にある？　その責任を誰がとってくれるのだ？

X2
まず第一に、われわれの手に血などついてはいない。
第二に、われわれに過ちなどない。そもそも、誰にも過ちなどないし、責任が生じるようなことはなかった。あったのはよくある殺人だけだ。いかなる意志もない。物事とはそういうもの。それが科学だ。そういう役目なんだ。アクシデントだよ。

X1
バカ！　ちょっと言わせろ！
誰かに過ちがあるとすれば、間違いなく、それは国家のせいだ。
国の連中、道筋を引くのはかれらであって
俺は服従してついて行っているだけなんだ。
国は権威の強力な指紋を俺の頭に焼きつけ、
俺は従うだけ。この輸血の任務のために
誰が俺たちを選び、命じたのか？
激しい風雨にダッチ・ロールするこの船に
誰が俺たちを送り込んだのか？
船のマストが折れた時、
俺たちを完全に見捨てたのは誰か？
船が浸水して
一〇〇％でなければ、八〇％でも
浮上させるように頼んだ時、
答えてくれなかったのは誰か、

このように沈む積み荷を放っておくという
危険を冒しながら？
俺はすべてのことについて国家を告発する
俺を裏で操っていた国家を。

復讐の女神たち　（合唱隊に向かって）おまえ、おまえは何も言わないのか？
助けろ。反論できない論拠をわたしに用意してくれ。
…………
隠喩を使って、相手を苛つかせるのだ。
…………
おまえは、それを分かるように説明しろ、手短に！

X2　疑わしくなった産物を売らないように指示したのは国家だった。

X1　「われわれの生み出したものが疑わしかった場合！」売ることを禁止したのは国家だったのであり、それで、俺たちを破産させたのだから、埋め合わせするのは国家なのだ。
書いてある文章をよく見ろ、間抜けめ！

復讐の女神たち　おまえたちに対しては、国家に責任があるということだな？

X2　そうだ。

X1　だから、国と各省庁が意志を示し、俺たちはそれに従うだけだった。

復讐の女神たち　（合唱隊に向かって）これには、どう答えればいい？

アイスキュロス　こう答えるのだ。医者というものは、殺さないための命令など必要としない、と。

合唱隊　論理的帰結として。

復讐の女神たち　それだ！　だから、殺すなという命令を受けていなくても、
　どっちみち、殺すということになるのだな。そういうことか？

合唱隊　おまえたちは機械仕掛けの操り人形のようなもの
　スイッチを押す手に従って、何でもやるのだろう？
　殺したり、殺さなかったり、前進したり、後退したり、考えたり、糞をたれたり！

復讐の女神たち　いい質問だ！　さあ、答えろ！

X1　俺は国家のしがない僕《しもべ》だと言った
　俺たちは「政治」の支配下にあるだけだ。

復讐の女神たち　その昔、われわれの時代では、すべてが単純だった。
　罪人は有罪だった。
　今、おまえたちの時代は、かなり込み入っている。
　罪人は有罪ではないのだ。
　…………
　説明を求める。

X1　さっき言ったように、俺は国家のしがない僕なんだ
　だから、「大臣」や「主人」たちの前では、
　自分のやることに責任を負うが、
　それはかれらの前だけだ。だから、俺は有罪ではない

何故なら、俺が有罪だとすれば、第一に、
「大臣たち」がそう宣言したはずだし、
第二に、仮に有罪だとしても、有罪にはならないだろうから
だって、この事件は始まりから終わりまで
「内閣」の手のなかにあるのだからな。
そして第三は、あんたたちが幻影を「国王」だと思っているからだ。
そして第四、結局、あんたたちが非難すべきは国家なんだ。

復讐の女神たち　そんなことは耳に胼胝ができるほど聞いたし
すでに踏みつけてもやった
鋭い鋲のついた
わたしの足の底で。
…………
あの憎むべきオレステスとそっくりの言い方だ
あの時、母親の血がべっとりついた指で
あやつはこういったのだ。「わたしじゃない、アポロンだ
母上を殺したのは」
…………
五千年が経ち、そこから出てくることはたったそれだけだったのか？
月足らずのガキの性根か？　ああ厭だ！

ずいぶん昔の怒りがまた込みあげてきたようだ。
おまえも、込みあげてきたか？
…………
ああ、怒りだ、わたしを見ろ、
付け焼き刃の論法にしがみつき
必死に逃げようとするおまえ。
見えるか、この怒りが、わたしの眼の中でメラメラと燃え立ってくるのが、
分かるか、すでにこんなに右眼が寄っているのが
唾液は煮えたぎり
口の中に大量に溜っている。
おまえの面に用心しろ、唾を吐きかけるぞ
本当のことを打ち明ける方が身のためだぞ。
潔白なんだから、自分の無実を主張する必要はない。

X1

マルゲール先生　あなた方が一人の男を責めているのは
職業上の序列の上から下まで
誰がやっても不思議はない過ちによってだ。

ブラックマン先生　わたしのほうは、はっきり言いましょう。このごちゃごちゃした大騒ぎには
うんざりだ！
ここで苦しんでいるのは誰ですか？　この男とあの男です。

X1　あんたたちは俺を殺すよりもっとひどいことをしている、死ぬより辛い質問に耐えるくらいなら
理不尽に殺される方がまだましだ。

X2　いやむしろ、われわれを拷問しつづけなさい、
そして虐待者となって、恥辱まみれになればいいんだ。

母親　虐待者？　この人がそう言ったなんて
信じられません！

復讐の女神たち　おまえ、言ったことを繰り返してみろ。

……………

X2　繰り返せ！　おまえはこう言った。「続けなさい、そして……」

復讐の女神たち　われわれは何をしている？

「そしてあなたたちはわれわれを虐待する者となるでしょう」

……………

もちろん、続ける。

わたしは何を言っていたのだ？

……………

合唱隊　合唱隊よ、おまえは何と言うか？

言うのだ、おまえが有罪ではないのなら
なぜわれわれを正面から見ないのだ？

復讐の女神たち　ああ！　これだ、言葉を見つけたぞ‼
「良心」！　これこそ、夜中からずっと
探していた言葉！「良心」！
「良心」よ、覚えているだろうか？
昔は、いつも頻繁に、大勢の者たちが、
寝言か譫言で、
自ら有罪を認め、幾晩も走っていたものだという、
汚れた手を擦りあわせ、
そうやって幾多の隠された犯罪を打ち明けながら。
そうとも！　われわれの時代では、みずからがみずからの心で裁いていた。
森羅万象のうちで変わってしまったこと
それは人間の魂のあり方だ。
…………
合唱隊
しかし、心はどのようにできているのか？　それにしてもゾッとする！
ヨーロッパの良心はひどく傷つけられた
五〇年前のことだ。みんな知っている。
…………
それ以来、良心は完全に死に絶えた。
それ以来、誰もがお互い、平等に、嘘をつき、

騙し、騙され、みずからをも欺く、
ヨーロッパの世界はすっかり欺瞞に満ちている。

…………

そして、誰もが一様に
それがすばらしいと思っている。そして、五〇年前からずっと、
おまえは良心のごくわずかな声にも耳を傾けはしなかった、
そうだろう？

…………

おまえは自分を欺いている！

…………

もちろんだ！　でも、それを立証しなくては。

復讐の女神たち　過ちであり、悪徳であり、罪であり、殺人であり、裏切りだ。

合唱隊　もうそんなものはなくなった。今や、あるのは過失と無分別だけ。

復讐の女神たち　でも、どちらにしたって、依然として良心はとるに足らないものなのか？

…………

見てみよう。

夜、おまえは夢で自分の姿を見るか？

敬意もなく、スーツやシャツを脱がされ、
生皮を剝がされ、

煮えたぎる鍋のなかに放り込まれる、
その時、おまえには聞こえるか？
いつも夢のなかで、おまえ自身の心の声が
「このわたしがこれらすべての災いをおまえにもたらしたのだ」と言うのが。
いいや。

X1

復讐の女神たち　いいやだと？　うじうじと下ばかり見るのはやめろ
心の奥底を見るのだ
そして言ってみろ、心のなかには
眠りから覚め、おまえの目を覚まさせてくれる死者などいないのか？
眼で何も見なかったから、
心でも何も見えないのか⁈
電気の引き込み線を見るのはやめろ
心のなかを見るのだ。ダメか？　ダメだ。

…………

というわけだ！　わたしは何と言っていた？
これこそが証拠！　わたしは確信していたのだ。

ブラックマン先生　何の証拠です？

復讐の女神たち　犯罪に固執している証拠。
この生きている連中の内面には、どんな深みもないし、たった一人の死んだ幼子のためのスペースすらない。
マルゲール先生　しかし、それこそまさにかれらが無罪である証拠だ。
合唱隊　おまえは弁護士なのに、依頼人を破滅へと導いていることが分からないのか？
法廷にいるとでも思っているのか？
満天の星空の下にいることが分からないのか？
ここでは、法律など屁みたいなもの。
求められているのは正義なのだ。
復讐の女神たち　誰が貴様にそのことを明らかにしてくれと言った？　黙っていろ。
……………
鞭が見えなければ
打たれることはないとでも言うのか？
X1　ばかばかしい！
復讐の女神たち　ばかばかしい？　どういう意味だ？
母親　いいえ！　あなたたちには子供がいないからです。
子供がいれば、
あなたたちの体内で、小さな命が息をしていれば、
心がこれほどまでふてぶてしくなり
眼がこれほどまで乾ききることはなかったはず。
いつの日か、体に宿った子供が

X
1

死にゆくのを見ると考えただけで、
悲しみは激しく高まり、へし折れていったはずなのです。
考えただけで、恐怖におののき、
壊れた胸からはうめき声が漏れるのです！
残された親とはどんなものなのか？
血だらけの塊、腹を割かれた体、
切りとられた乳房、両腕を切断された魂。
いいえ、あなたたちには子供がいない
だからです、あなたたちの冷酷なまでのこわばりを
揺るがすものなど何もない。
ただ、あなたたちにお願いしたかったのは、思いをめぐらせ、ため息をつくことだけ、
どうかお願いですから、これ以上、その石膏の仮面みたいな顔を
わたしに向けないで下さい、そして身振りで示して下さい、
言葉は言わないで、見つめるだけでいいのです
そうすれば、わたしたちは自分をとり戻せます、あなたたちとわたし、
悲しいですが、一緒に、だって同じ人間なのですから！
奥さん、俺にも子供がいる。
あれほどの暴力のあとでは言いにくいが
言っておきたい、俺は間違っていない、

だから、恥ずかしいとは思わない。
我が子の命に懸けて誓う
たとえ我が子であっても、同じ決定が下されれば
俺は同じように実行したはずだ。

復讐の女神たち　子供は何人だ？

X1　二人だ。

復讐の女神たち　愛しているか？

X1　もちろんだ。

復讐の女神たち　よろしい、覚悟しておけ、
まだ若い骨髄にペストが襲いかかることを
われわれとしては見逃すことはできないのだ
厚かましくも偽りの宣誓をする者を……

……………

子供たちは息を引きとる。

母親　いけません！

復讐の女神たち　まだ終わってはいない！

……………

おまえ、おまえには子供はいるのか？

X2　いる。

復讐の女神たち　それでは宣誓しないのか？

X2　ああ、でもわたしは、小さかった頃からずっと絶対誓ったりしないと決めている。
これこそが科学的態度というもの。わたしはこの態度を固持する。

復讐の女神たち　おまえはどうだ、溺愛する子供たちの命に懸けて誓ったな？
罪の上塗り、嘘の上塗り。延々と上塗りしつづけるのだ。

母親　でも、どうしたらそんなことが言えるのですか？
子供に懸けて誓うなんて！　こっちには証拠があるんですよ！

ブラックマン先生　ああ！　あるんですか⁉　でも、その証拠はどこです？
証人はどこにいるんです？
ここには浮浪者の集団と
悪魔の群れしか見えませんが。
学者たちはどこです？　政治家たちは？
「国民」はどこにいるんです？

合唱隊　われわれ、われわれが望むもの、それは真実。

ブラックマン先生　真実？　どの真実⁉

合唱隊　もっとも正しく、もっとも純粋な真実、
証拠によって立証できない真実。
証拠というものは嘘つきを追い詰めるには効果がある。
この母親とわれわれが望んでいるもの、

それは大したことではない。それは後悔の言葉なのだ。
おまえに話しているのではない、弁護士よ、
おまえにはまったく分からないだろう、ちんけな伊達男。
誰が勝とうが負けようが、そんなことはどうでもよい、
わたしが望むのは誠実さ。
この乳臭い憐れみの変節漢どもはどいつもこいつも、
どうして、鞣され、干上がり、ミイラになってしまったのだ？
そこの男が「はい、わたしが罪を犯しました」と言えば、
わたしは奴にこう言ってやる。「でかした！　おまえは英雄だ！」
奴にどんなリスクがある？　裁判官はいないし、
お巡りもいない。ここにいるのは、
死者と身元不明の者たちだけ。

…………

だけど死者たちは、とくに一番幼い死者たちは、
本当に繰り返し殺されたいとは思っていない
それは殺されたことを理由にまた罰するといったものでしかない。
死者たちは安らぎを望んでいるのだ。
でも、一体わたしはどうしたんだ？
下劣で、ナメクジみたいな連中に話しかけ

連中の皮膚の垢を、欠けた脚や羽根を
治してやると主張したりして。
わたしは何という間抜けだ！　何故わたしを止めないんだ？
…………
それでは、弁護士よ、証拠と証人、
真実よりもそれらにこだわるのなら、
わたしが探してきてやろう。
おまえが望むのは、依頼主が「法」に基づいて報いを受けることであって
人類の名においてではないのだから、
つまり、卑屈さによってであって、謙虚さからではないのだから、
そして、おまえは慰めより戦いを好むのだから、
一〇立方メートル分の関係書類を探してきてやろう
それに、大勢の学者とアカデミー会員を捜してきてやろう
かれらの説得力のある証言というキャタピラの下
おまえらの嘘は粉砕されることになるのだ。
さあ行こう、最高の医者たちを呼びに行こう。

（合唱隊退場）

復讐の女神たち　われわれにとっては何も変わらない。殺すことは相変わらず許されている
　しかし、我が子の命に懸けて、偽りの宣誓をする者など許されない、
　わたしが大火事にするまでもなく、その者は焼かれるのだ。

母親　ああ、宣誓などすべきではなかったのです！
　あなた方はわたしを怖がらせている！　こんな風に身を守るなんて！
　でも、子供たちには襲いかかりませんよね⁉

復讐の女神たち　もちろん、そうするともさ！

母親　攻撃するのは、子供たちのなかの父親的部分なのですか？
　容赦ない姉妹よ。わたしは同意できない！

復讐の女神たち　打開策が何もなくなり、
　われわれの追跡に苦しめられ、息も絶え絶えとなり、
　ぐったりして、我が子のことを心配し、
　この汚らしい奴が、われわれに降参し、
　涙を流しながら情けを請うのでなければな。
　…………

マルゲール先生　わたしははっきり言う。涙を流しながら、と。
　恫喝、罵詈雑言。へとへとに疲れ、隈ができ、
　倒れそうだが、かろうじて男の誇りだけは残っている、そんな男に要求している、
　注文に応じて涙を流せ、と！

X1　爪を引き剝がすこと、目玉をえぐり出すこと、
鼻を切り落とすこと……等々。
あんたたちの道具一式を俺に出してみろ、
俺はたじろがない。自分の意見を敢然と述べ、行動するだけだ。
日の光の清らかさであっても到底及ばない……〔『フェードル』の有名な台詞を象徴的に用いている。もとは「清らかな日の光であっても澄みきったわたしの心の底には到底及ばない」（第四幕第二場）〕

アイスキュロス　ああ！　いかん！　静かに！
さもないと、わたしだって、おまえを酢漬けにして苦しめてやるぞ。
このような人間たちにふさわしい飼育槽に連れて行ってくれる証人たちが来るまで。

（復讐の女神たちに監視されてX1とX2が退場）

母親　洪水は起こらないわね⁉
世界は回転し、止まりはしない！
太陽は日蝕にはならず、
星々は花びらのように落ちることはないわね？
この干上がった夜から。

アイスキュロス　心配はいらない。われわれを信じなさい。

母親　その時は来る。
わたしたちは否定され、叩きつけられ、吐き出されました、
いくつもの年月が目の前で燃え尽きました。
もうやめましょう！　疲れました！

（子供たち登場）

子供たち　（二人で）その家が病んでいる人々に災いあれ。
眠って、お母さま、眠って、僕のほうに身体を反らさないで、
僕が泣いたからって、僕のほうに向きを変えないで、
僕の夢を見て、激しい痛みで目を覚まさないで、
涙を煮えたぎらせて、僕のまぶたに注がないで。
眠って、母さま、ねんねしな、僕の星、そして立ち上がって、
鉄とブロックでできた貨車のなかで身をよじっている僕を放っておかないで。
眠るんだ、そしてまた突撃するために目を覚ますんだ
どっちにしても、僕たちは殺されたんだから。

母親　そうね、子供たち、寝かしつけておくれ、
休ませておくれ、
そうすれば、また戦いを始められる。

（かれらは退場する）

夜　警笛やホルンやラッパで
わたしがこの光景を予告していたとは！
わたしの手や翼や車輪には眼がいっぱい付いている、
そしてわたしの両の眼は涙でいっぱい。

（「夜」退場）

＊＊＊

第13場

（アベルと「削除された者」登場）

アベル　僕には眼は二つしかないけど、この世から見捨てられた人たち全員の涙を流すことができる。

削除された者　どっちにしても、アベル、俺たちが勝つ時が来るぞ。

俺は革命を信じる。

俺の脊椎のなか、指の先までちくちくするのを感じるんだ。

いつか悲しい話はきっぱり終わらせないといけない
いってみれば、これは俺たちの話なんだから。

アベル　どんな話もうまくは終わらないもんだ。

死と破壊が地球を一周する
あるときはある国にとどまり、別のときは次の国にとどまる。

いつでもこういう具合でいるだろう。

削除された者　それでも俺たち、一回は勝ったじゃないか？

アベル　一回だけね。だが、僕たち、ままならぬ者のままだろうね。

削除された者　哀れなアベル、死の占い師！　「削除された者」である俺は反論するぞ。

今日は暗い灰色だ。でも明日は真っ赤になるだろう。

「正義」と「懲罰」が壮麗な行列となって墓地へとやって来る。

そしてこの栄光の瞬間、俺たちが英雄となるんだ。

アベル　この哀れな「削除された者」が眼を開いて夢を見ているあいだに
知らせは「都市《まち》」中に広まり、

「宮殿」を通り抜け、指導者たちの耳に届くんだ。

そして、そこで突然

僕たちの事件はまったく別の運命と交わることになる
それは国内で行われようとしている「投票」のせいなんだが
そのせいで、市民たちは反目し合っている。

削除された者　やつらは投票すればいいさ、ゲップすればいいさ、
まったく俺には関係ないことだ
だって、俺はもう奴らの精神病院の
住民じゃないんだからな。

アベル　「都市《まち》」のことなど、これ以上考えてやる必要はないよ。
だからといって、「都市《まち》」が僕らのことを考えないわけじゃない、
「都市《まち》」が戦争のための場所を整え
塹壕を掘っているのに、
二つの陣営はそれぞれの呪いの言葉を
新聞に並べ立ててばかり。
鋭く言葉を研ぎ澄ましている、
お笑い種にも、一方はこう予言する
「宮殿」が封鎖され、包囲され
その結果として死が訪れる、と、
そしてもう一方は、声高に予言を乱発する
公開のむち打ち、さらし者、制圧、とね。

どちら側からも破廉恥そのものの言葉の嵐の奔流さ。
だが、三流新聞で僕が見たのは、
僕らがどれほど引き離され、追放され、難民となり、
隠遁し、地下に潜ったとしても、動乱に巻き込まれているってことだ
そして僕たちはここにいる、意に反して——さあ、見てみろ——振り回され、引き離さ
れ、奪い合いされ、身体を弄ばれ、分解されてしまっているってことだ。
二つの陣営は僕たちにわんさかしがみつき
僕たちの血液が自分たちの側にあると、どちらもわめいている。
いいかい、言うよ、きゃつらは僕らをかどわかし、ぴったりくっついているんだ、
僕らは四つ裂きにされたんだ、それが分からないのか?
きゃつらが僕たちの死体を軍旗代わりに
どれほど掲げているのか、きみには見えないのか? 奴らは先頭で
僕ら死んだ子供たちの頭蓋骨を投げ合っている。
今、僕らが苦しんでいる原因
それはきゃつらにとって嘘をカムフラージュするのに有効なんだ。
以前は、つまり投票の時期より前は、僕たちはちゃんとくたばることができた。
今は、僕たちという犠牲者がきゃつらの関心の的。連中、僕らの胸を空っぽにして
動かなくなった心臓を背広の裏にピンでとめているんだ。
実際、僕らをもっとたくさん惨殺しておけば良かったと思ってるんだぜ。

つまり、惨殺したことを自慢し合って、互いに有罪を責められるってわけだ。
僕が震えない方がいいかい？
もちろん、怒りでさ。
僕はよく知っている、国の軍艦の
漕ぎ手も舵とりも。
「平和」な時には、僕たちなんか奴らにとっては蠅だ、でも「戦争」の時には、弾丸となる。
人間じゃないんだよ、
勝つために僕たちが必要だと思えば、
奴らは僕らを保存しておくだろう。
役に立たないか、有害だと思えば、
僕らを破裂させるんだ。
鉄工所の労働者だった頃
僕は、真っ赤になったボイラーの下で
ガス漏れを察知する担当だった。
灼熱のボイラーの下で、
火の大聖堂型燃料庫のなか、鋼の熱流の真っ只中、
へとへとになりながら働いていた。
だから分かるんだ、今、ガス臭いって。

「投票」の直前か直後に

すべてが吹き飛ぶかもしれないぞ。

削除された者　分かった。それならなおさら計画を急ごう。

俺たちの話に出てくる人物全員を急がせよう、

そうすれば、「陰謀家会議」を出し抜けるかもしれない。

（堰の音）

アベル　聞こえたか？

削除された者　中断、堰の音だ！

アベル　「吹っ飛ぶ」とか「爆発する」と言ったら、すぐにでも堰が決壊するはず。

もっと小声で話すべきだった。

削除された者　怖がるのはやめよう。さあ、行こう。

アベル　怖いわけじゃない。心配なんだ。

生まれ変われたら、俺はチベットのラマ僧になりたい、

自分の髄と森羅万象を司る神聖樹の髄とをもちたい、

そして、生気のないもろもろの「王国」で

耳障りな音を立て、壊れゆくものからは何も知りたくない。

（かれらは退場する）

合唱隊　しかし、わたしは、この世に坐っていて、髄としては
この石があるし、わたしには聖なる木も
ラマ僧も見えない。それに医者たちも見えない。確信していた。
最終的に何かが起こるのは、ここじゃないし、今夜でもない。
…………
わたしもだ、何もやって来ないことは明白だ。
…………
十分だ、カラスども！　おまえ、アイスキュロス、あらゆる書物を読んだ者よ、
おまえはどう思う？　かれらは来るのか、来ないのか？
考えているのか？
…………
わたしが答えよう！
よく知っているのだ、医者や医学の大家たちを。
かれらは来るかもしれないし……来ないかもしれない。
もし来るとすれば、それはまさしくかれらが来てはいなかったということになる！
アイスキュロス　どうしてそう言える？　聞いてくれ。
わたしは医者を一人知っていた、こんな正直者は見たことなかったし、恵まれない人た

ちにとっては兄弟みたいで、患者にとっては母親、耐え難い病気を長く患っている人たちにとっては、病気から解放されるまでの友人みたいだった
神の助けなどなくても、それはまさに一人の聖人だった。
尊敬できる態度で、はつらつとして、厳格だがにこやかな表情だった。
それに、それはわたしの父だった。
その一方、わたしは正反対の医者も知っていた、
共同生活のあらゆる義務という点で、かれにはいささか問題があった。聖人とはほど遠い男、恵まれない人たちを治療する気もない守銭奴、死に際の者に対してはほどほどに我慢する、楽にしてやろうとも救おうともせず、ポーカーにばかり夢中で、とても冷たい眼をして、女性患者にはにやけた口元をしていた。あらゆる点で、人間の情愛とはほど遠かった。しかも、それはわたしの叔父だった。
だから、見通しとしては……（今はやめておこう）

（合唱隊員が一人登場）


合唱隊員　ああ！　答えが来た。つまり、かれらが来たんだろう？　あのお偉方の一行。

やっぱりそうだ！

この立派な医師団のトップにはあの有名なコルニュ＝マキシム教授その人がいる。

かれらが来ました。ですが、まずはわたしたちに席を外して欲しいとのこと

かれらだけにして欲しいそうです。気兼ねなく、互いに様子を見合って、話し合っておきたいようです。

アイスキュロス　それはもっともだ。退出しよう。医者同士が観察し合えるようにしてやろう。

⁂

第14場

（コルニュ＝マキシム教授、アンセルム教授、ジュモー医師、ベルティエ医師、ブリュラール医師、リオン教授、そして徘徊する隊長さん登場）

コルニュ＝マキシム　みなさん……。ここに伝言があります。ご存じの例の誘拐のことです。かれらはわれわれの同僚とその部下を捕まえて、人目の付かぬ所に拘束しています。かれらなりにもう一度裁こうとしているようです、方法は具体的には分かりませんが、社会的に貶めようとしているようです、以下引用します。もううんざりだ。先へ進もう。今やあの連中たちはわれわれやわれわれの「国民評議会」に協力を要請している。かれらが望んでいるのは、われわれの「団体」が同僚誰それを非難し、できるかぎり仰々しく、すべてにおいて決定的な不信感と憤りを示すことである。歴史に残る証言を、とかれらは言っている。そして、直ちに、と。かれらは夜明け前にそうして欲しいようです。この要請に応じて、評議会では何と答えましょうか？

アンセルム君？

アンセルム　そうしましょう。だって、この同僚はかなりまずいことをやったんでしょう？　闇のお金にかなり弱かったというところから始めるべきでしょう。

ベルティエ　でも結局、この哀れな男はどんなまずいことをしでかしたのか、知りたいのですが。儲けたということですか？　でもそれがどうだと言うのです？　お上品ぶるのはやめましょう。商品、利益、売り込み、割増料金といった言葉を使っちゃダメなら、薬の研究は滅びますよ。同僚は血液を売っていた。売れるものはすべて利益を生む。いいでしょう。なるほど、かれは後ろめたいお金に少々執着しすぎたのかもしれません、でも、それが重大なことなんでしょうか？　それがかれを十字架に架ける理由になるんでしょうか？

アンセルム　まず、莫大な報酬、それから、かれが原因で死んでゆく人たちに当てられる賠償金の一〇〇倍も高額な手当。

ベルティエ　些細なことです。

ジュモー　それは「中央官庁」の問題でしょう。

アンセルム　思うに、これは血の横領であり、公金の横領です。

ジュモー　何て言葉だ‼

アンセルム　何、どの言葉が？　公金のことかね？

ジュモー　横領！　横領です！　それなら世界中が横領していると言わないと。売れば、横領。買えば、横領。儲ければ、横領。手広くやれば、横領。世界中がマーケットだ。それが法律、それが時代、売ろうとすることも買おうとすることも盗むことじゃないでしょう、

アンセルム　そう仰るなら、お金を遠ざけて、ご自分の穴蔵にお帰りになればいい。かれがやったことを、君もやったというのですか？　君だったら、ベルティエ君、マーケットがあったから、この血を売りさばけたということになるかね？　ちょっとした小遣い稼ぎに？

ベルティエ　何のことです！　はっきり言って、何がそんなにひどいことなんです？世界中で血液を売っています。

アンセルム　それでは、血液の話をしよう。君は死をもたらす血液をわたしに売れるかね？

ベルティエ　死をもたらすなんて！　でも当時、かれらはそのことを知らなかった。

ジュモー　それは本当です。わたしたちもその頃は知りませんでした、この血液が危険なものかも知れないなんて。

アンセルム　かも知れないではない。危険なんじゃない。死ぬんだ。

ジュモー　いいえ、危険だったんです。だって、知らなかったんですから、かれを非難するのは

間違っています。

アンセルム　君は知らなかったが、かれは知っていた。知っていて、売って、流通させた、一瞬で死に至るこの血液を！

ジュモー　信じられません。誰も知らなかったんです。血というものは少しでも死ぬ可能性のある病気を押し流せるかも知れない、と考えられていたんですから。

マダム・リオン〔イヴェット・シュルタン医師がモデル。出来事については「解題」を参照〕ことはもっと単純で、かれには死をもたらす血液のストックがあり、それを売りたがっていた、というだけのことです。

ベルティエ　血液のストックはあったけど、それが疑わしいことをかれは知らなかったんです。

マダム・リオン　疑う余地などありませんでした。かれは知っていたし、売りたがっていた。知っていて、売っていた。一方で知っていて、もう一方で売っていた。そうしたかった。わたしは知っていました。かれも知っていました。裏ではみんな知っていたのです。みんな知ることができました。みんな知るべきだったでしょう。あなたたちも知ることはできたはずです。すべては公表されていましたから。

ベルティエ　ああ！　そうです、でもそれは『アメリカン・レビュー』でしたね。誰も英語を読まないかも？　誰それと言われている人も英語は読まなかったんですよ。お恥ずかしい話ですが、わたしも読まないんです。

マダム・リオン　それじゃ、フランス語は読みますか？　というのも、同じ頃、『今日の医学』第七号にわたしがフランス語ですべて書いておきましたから。

ジュモー　ですから、マダム・リオン、いつでもすべてに目をとおしているとは限りません。どちらにしましても、冬であれば、かれらはまだ知りませんでしたし、わたしだってそのことは新聞で読んだんです。

マダム・リオン　冬より前です、春にはもう、かれらは知っていたのです。そして、不吉な種を売りさばいていた。その時です、かれがこう書いたのは。ちょっと聞いて下さい。（彼女は読む）「われわれの血液はすべて感染している。ならばどうするか？　供給をストップすれば、経済的影響は計り知れない。従って、在庫がはけるまで、品物の供給は通常通りの手順を踏襲する」以上が春に出された文言です。

ベルティエ　何ですって？　分かりませんでした。わたしにはよく聞こえませんでした。

ジュモー　一体誰が書いたのです？

マダム・リオン　これはかれの言葉です。冷徹なかれの言葉。これはかれ自身の通達なのです。もう一度読みます。「われわれの血液はすべて感染している。ならばどうするか？　供給をストップすれば、経済的影響は計り知れない。従って、在庫がはけるまで、品物の供給は通常どおりの手順を踏襲する」

ベルティエ　見せて下さい。ああ！　だったら知っていたのか⁉　でも、わたしは知りませんでした、本当です！　それに、かれが知っていたなんて、絶対分かりませんでした！　見せて下さい……何という……何という……言葉が出てこない。

マダム・リオン　それでも、同僚のみなさん、あなたたちは血液の専門家ではありません。

ジュモー　でも、何故そのことを誰も言わなかったのですか？

マダム・リオン　言わなかった？　嬰児殺しが商売になったあの年から何度も言ってきたはずです。物事をはっきりさせるためには、同じことを何千回でも言わなくてはいけないのですね。

ブリュラール　そんなことが信じられないからです。

ベルティエ　違います、でも個人的には、「わたしたちは知らなかった」、と何年ものあいだずっと、いろんなところで繰り返されるのを聞きました、神々の御前で、判事たちの前で、ジャーナリストや偶像の前で。

マダム・リオン　だったら、事実ではないと言っているかれらのこともすぐに信じられますね、嘘にはとても不思議な力がある。それは謎です。しかし断固として、「真実」が示しているのは、「わたしたちは知っていた」、ということです。

ためらうことなく、言葉が嘘で覆われ
その輝きが踏みにじられれば
「わたしたちは知らなかった」が「わたしたちは知っていた」を押し潰す、つまり仮借のない戦いです
追い立てられた「真実」は地下の見えない場所で喘いでいます

その上に嘘が記念碑を建立し
それが障碍となって、真実が吹き出ようとするのを妨げます。

そして、無知ゆえに、日々、歴史の事実が曲げられているのです。

ジュモー　かれが知っていたとすれば、わたしにはもう何も分かりません。

コルニュ＝マキシム　あなたは知るという言葉を口にする、まるで知るということがどういうことかみんなが承知しているとでも言わんばかりに！

人は自分が何を知っているのか、分かっているのでしょうか？　自分が何を知らないのか、分かっていますか？　自分が何を知っているかなんて分からないものです。それに、われわれの先生たちが仰ったように、知る前から知っているわけはない。ですから、この事件で正しい判断をもつためには、われわれは自分たちが知っていたことを何日の何時に知ったのか、ということを知る必要があるでしょう。

ベルティエ　あなたはきちんと知っておられたわけですよね、リオン教授、なのにどうして警鐘を鳴らさなかったのですか？

ジュモー　いい質問だ。

マダム・リオン　わたしはずっと警鐘を鳴らしていました。

何年ものあいだ、鳴らして、鳴らして、鳴らしつづけた
理性の糸が断ち切れるまでずっと。

ある日わたしはこう考えました。あれが返答するまで電話をかけてやろう、と。

問題の男には一日一〇回、一〇日連続で電話をかけましたが、かれは一〇〇回とも応答

を拒否しました。そして次の一〇〇回も拒否されたのです。そこでこう考えました、血の叫びを一〇〇回鳴り響かせてやろう、それがあまりにも鋭く、苦悩に満ちていれば、殻は破れるだろう、と。一〇〇回そうしました、そして、最後にもそうしたのです。どんな反応もありませんでした。わたしの叫びはすべて海の藻屑というわけです。わたしの口は砂で埋まってしまった。

コルニュ＝マキシム　証拠はありますか？

マダム・リオン　電話の証拠ですか？　いいえ。考えておくべきでしたね。直接、電話で、大声を出して叫ぶべきではなかったようです。叫ぶのであれば、手紙にすれば良かった。

コルニュ＝マキシム　まったくです。書留にしてわれわれに手紙を書くべきだったでしょう。

マダム・リオン　先生、一〇年前、先生にお会いしに行きましたが、覚えていらっしゃいますよね、わたしたちがまるで血が欲しくて子供たちを受け入れているようだ、とわたしが申しましたら、先生は、四ページの報告書を書くようにと仰いました。

コルニュ＝マキシム　それをわたしに送りましたか？

マダム・リオン　お送りしました。

コルニュ＝マキシム　わたしは返事を出しましたか？

マダム・リオン　ええ、いただきました。報告書をありがとう、心にとどめておきます。ですがわたしは年をとり、疲れていて、すべてを引き受けることはできない。このことは厚生労働省に相談しなさい、という返事でした。

コルニュ＝マキシム　あなたがすべきだったのは……

マダム・リオン　ですから、厚生労働省で警鐘を鳴らしつづけました
　するると、「専門家」は「先生」だから、先生に問い合わせるように言われたのです。みんなに警告したのに、誰も何も知りませんでした。
　大洪水が来ても、何の役に立つのでしょう？　迫り来る死に耳を傾ける者などいないのでしょうか？
　耳が聞こえないことこそが問題なのです。

コルニュ＝マキシム　マダム、説明をありがとう。
　従って、かれは知っていた。よろしい。今、何時ですか？
　そろそろ、当面の問題に戻るとしましょう
　わたしは年をとった、と言いましたが、故にわたしは賢明です。
　これ以上仲間を裁くようなことはしません。
　というわけで、この男性の不利になる証言を拒否します。
　かれは十分償ったはず。
　それに、われわれの団体のことも気掛かりです
　望もうと望むまいと、訴えられたのはわれわれの団体の一員なのですから。
　ご存じのように、民衆というものは、復讐への熱狂から凶暴になると、部分も全体も分からなくなる。このような民衆はすでにどの国でも見られますし、
　あらゆる地域の医者たちが不満に思っています、この事件が起こってからというもの、
　病院や診察室で、不信の声が渦巻いているのです。

患者たちは我慢を忘れ、すぐ牙をむく。
われわれの職種では、至るところで悪評が立ち、迫害が行われているのです。
それに対する打開策とは何か？
それは「団結」。力を合わせるのです。決然と立ち向かうのです。
そうして、噴出している憎しみを止めなくてはならない。
ストップ。
そうなったら？

ブリュラール　そうなったら、証言ですか？

コルニュ＝マキシム　われわれは拒否します、いいですね？

全員　………

コルニュ＝マキシム　ですが、それだけでは不十分です。痛手を負ったのです。傷口を縫い合わせてくれる手紙を書きましょう。
尊厳に満ちた、感動的なものになると思います。例の何とかさんが餌食となっている激しい争奪戦に不賛成を表明するのです。こう言いましょう、無知である権利は医者にもある、と。それに、「科学」が驚異的な進歩をたどるための手順について、素人にはどんな考えも思いつかない、と。例の何とかさんが医師を通じてさえ、「科学」は前に進むのです。要するに、哲学的で、倫理的で、科学的なこの手紙は大混乱《カオス》に対してびくともしない標石となるのです。われわれの一人ひとりに署名してもらいたい。著名なわれわれの名が結集して、暴動とわれわれのあいだに尊厳の山を築くのです。

はい、ブリュラール君？

ブリュラール　先生……ですが、いずれにしましても、同僚は罪を犯したのです。殺したわけではないとしても、死に至らしめたことには変わりありません。それに、たった数年で、われわれの「神聖なる団体」の立派な専門領域のひとつを台無しにしてしまった。われわれはみないつでも聖人君子というわけではないでしょうが、いずれにしましても、医者であろうと努力しています。

しかしかれは、われわれとは別のタイプの人間なのです。

コルニュ＝マキシム　そうかもしれない。それでもわたしの立場は変わりません。

アンセルム　あなたはかれを評価しなかったし、受け入れようともしなかった。あなたの待合室では、みんなが「血の皇帝」と言って、嘲っていましたね。あなたを理解できない。

コルニュ＝マキシム　それはわたしが善悪を超えて話しているからです。感情なしに。個人など、わたしにはどうでもよい。ただ、我が「団体」の存続のことが気がかりなのです。あなたもわたしの年になれば分かります。

アンセルム　しかし、奴にとって大事なこと、それは自分のこと、自分、自分、自分ばかり、それでも奴を許してやる必要があるのでしょうか？

コルニュ＝マキシム　許す？　生かしておく、と言う方がいいなあ。

マダム・リオン　生かしておく⁉　誰をです？

コルニュ＝マキシム　ともかく、わたしの任務は保護と救出であって、攻撃ではない。

マダム・リオン　保護する？　誰をです？

コルニュ＝マキシム　この不幸な男に最初の石を単独で投げる権利があると思っている人がここにいるでしょうか？
ブリュラール　でも先生、そうだとしても、かれはわれわれのことを考えたのでしょうか？
奴の素敵なジャガーのタイヤがはね飛ばした者たちのことを？
コルニュ＝マキシム　この頃がどれほど大変か
今、われわれは誰を恐れることがより賢明であるか分からないし
誰を怒らせないことがより適切であるか知りません。
例の何とかさんはおぞましい
だらしなく、卑しい、一匹のサナダムシ。まあいいでしょう。
これは全部パーソナルな真実ですから。
同胞よ、目を開けなさい。
腐り果てたケチな男の運命
これが医学全体の華々しい行く末を危うくするのでしょうか？
その栄光や往古からの図像、
われわれの基盤となっている勝利の蓄積を危うくするのでしょうか？
あなたはちょっとしたゴミから厄介なことに脚を突っ込もうとしている
まったくありふれたもので、明日には時が一拭きで吹き飛ばしてしまう……
わたしは何と言っていましたか？
マダム・リオン　脚を突っ込もうと……

コルニュ＝マキシム　はい、はい。あなたの特権、名誉、権利、遺産かな？

あなたの運命は、今、ここで、われわれと共にある。信じて下さい。わたしにははっきりと見えます。

ブリュラール　ああ！　先生、ご自分がとても高尚である、と仰いますが、わたしは同じ言葉を使って、冷笑的と映るのが怖いです。

コルニュ＝マキシム　はっきりと念を押す必要がありますか？

あなたを待ち構えていることが見えないのですか？

この不吉な墓地で密かに企まれていること
それは医者たちの黄昏です。

われわれと患者たちとのあいだには、戦いの脅威が忍び寄っている。

ええ、知っていますとも、妙薬は口に苦し
だからこそ嘘はつきたくないのです。

ベルティエ　みんながあなたに耳を傾け、分別というものを学び直す。

ブリュラール　それでも、自分が有罪だとは思いたくない。

コルニュ＝マキシム　有罪？　何の罪です？

昔からずっとこのむず痒さがある。

あなたは何者か？　ユダヤ人？　キリスト教徒？　違う。

医者だ。分かった、わたしがすべて引き受けよう。

君、有能でおりたまえ。

隊長さん　失礼ですが、先生……
コルニュ＝マキシム　あっ、はい、隊長……
隊長さん　外は、爆発寸前です。
　民衆は犯人を要求しています。当然のことですが。
　犯人というとかなりの数になります。
　ここじゃなくて、「本省」にいるのです。
　主立った連中はそれぞれの部署のなか、部長までです。
　あなたに名前をすべてお教えできます。あなたはその名を告発すればいいだけです。
コルニュ＝マキシム　仰っていることは分かります、捜査官殿。
　しかし、告発は、あなたご自身でおやり下さい。あなたを信用しますから。
　われわれは、口を閉ざすことにしたのです。
　さあ、署名をしなければ。夜が明けてしまう。
　リオン教授？
マダム・リオン　分かりました、わたしが最初の一石を投じましょう。
　あなたには従いません。荷担する気はないのです
　喪の悲しみも、恐怖も、共感もないこの灰色の国に。
　手紙には署名しません、この男は子供たちの体でお金を得たのですから。
　お金と裏切りは常に一緒に進み、完全に結びついている
　この男は、人間としての限度を超え、

二匹の悪魔に従ってしまった。
免訴にすべきではありません。
老化で霞んでしまった眼を通して見たくはないのです
かれは有罪です、わたしは自分の鋭い眼を信じ、臆しはしません
友らよ、かれをはねつけましょう、公然と。
悪に染まり、そのことを言わない者
かれの動機は何なのか？
署名しません。
わたしにはかれの手を拭いてやる気はありません
子供たちの血で汚れたかれの手を
わたしの名前を署名するのは
何百という死んだ子供たちのほうにです。

コルニュ＝マキシム　ああ、愚かだ！　こんなくだらないことに何と大袈裟な。
それにしてもマダム、気を確かにもちたまえ。
あなたが優秀な医者だということは存じています、
ですが、予言者さん、われわれはどうすべきだというのです？

ベルティエ　まったくだ、ご大層な態度にはもううんざりだ。

ジュモー　やめろ！　われわれはこの事件を葬り去りたい！　何が気に喰わぬというのだ？
われわれはヒステリー女の言いなりにはならない。

ブリュラール　……そう……そう……続けて下さい。

ベルティエ　あなたはわれわれの肌に道徳のお化粧でも施したいのか？

マダム・リオン　子供の亡骸《なきがら》の上に築かれた「教会」って何なんでしょう？

おそらく、何年も前からずっとわれわれの臼でひかれたたくさんの幼い亡骸があったのです。

われわれはそのことに気づきもしなかった！

何も臭いませんか？　ああ、恐怖の想いが込みあげてくる。

われわれはすでに臭くないですか？

みんな自分の体臭には気づかないでしょう？

コルニュ＝マキシム　狂ってる！

マダム・リオン　我が友人たち、手紙に署名してはいけない。

われわれは間違った選択をしようとしている
信じて下さい、すべてはまだ埋め合わせできます
手紙を書きましょう。われわれの厳しい非難をはっきり述べるのです。

コルニュ＝マキシム　わたしの務めは全力で対決することです
異常で、惑わせるような、非科学的発言には。わたしの手紙を受け入れなさい。

マダム、あなたは興奮している、落ち着きなさい
そして署名するのです。

マダム・リオン　あなたの手紙には署名しません。

コルニュ＝マキシム　マダム、このような精神状態で、この会合を抜けるのであれば、あなたはご自身の破滅に署名することになる。われわれの支えを失う。そして、友人たちを失い、同僚からの尊敬を失い、名声を失うのです。

マダム・リオン　こんな状況であなたの経歴に何が起こってもわたしは知りませんけど……　署名しなさい、みなさん。わたしは行きます。

（彼女は退場する）

コルニュ＝マキシム　そこまであなたは、わたしを説得なさった。わたしを槍玉に挙げればいい。お別れです。

ジュモー　お別れだ！　今後はあなたを敵とみなす！　さらばだ！　自分の患者たちの世話でもしているがいい！　くれぐれもわれわれの病院には回してこないように！

マダム・リオン　出て行け、ドン・キホーテめ！

ブリュラール　言い返すたびに　みなさんの活気が失われてゆくのが分からないのですね⁉

アンセルム　（アンセルムに）どうすればいいんでしょう？

　とどまるべきだと思います。違いますか？

逃げることはあまりにも簡単だ。

コルニュ＝マキシム　女！　まさにわたしが忌み嫌うもの！

言うに事欠いて……

まあ、ともかく女一人いなくなったくらいでわれわれの団結力が弱まったりはしない。

とるに足らない存在。短く言えば、女。それに、あんたは一度もわれわれに加わっては
いなかった、いささかたりとも。

だから、われわれは誰も失ってはいないのだ。

ジュモー　先生、われわれの署名です。

コルニュ＝マキシム　友よ、「今やっていることをきちんとやりなさい Ages quod agis」だ、諸
君はよくやった。

用心しましょう、おびえないようにしましょう
この事件のことはこれ以上話してはなりません。

さあ、家に帰って眠りましょう。


（かれらは退場する）

ベルティエ　奴は知っていたんだ、奴のもっていた血が全部感染していたことを。しかし……
アンセルム　もうこれ以上考えるな。
ベルティエ　はい。ですが、そう仰っても、当座だけのことです。

アイスキュロス　なんて静かなんだ。こっちの岸のほうには誰も来ない
埋葬された子供たちの幽霊が頻繁に出没し
すさまじい泣き声を上げているというのに。
高層ビルの住民たちは
密閉され、遮音され、エアコン付きのＢＭＷに逃げ込む
都会の連中は奴らのクロムメッキされた箱から決して降りてはこない
われわれの声は奴らのドアの前でむなしく唸っているだけなのだ。
だから、すべてが終わらない⁉

母親
医者は医者を助けようとする
ああ！　歳月はわたしたちを見捨てる
石でできたその蹄でわたしたちの子供を押し潰しながら
幼子たちは地底に下りてゆく、
一人また一人、一人また一人と
そのあいだ、お金はどんどん増えてゆき
あなたたちの団体をぐらつかせるものは何もない。
わたしたちは死にますが、医者たちは葬式に来ない

（二人、退場する）

わたしたち、死者たちはさぞ退屈することでしょう。

復讐の女神たち　奴らは殺人者となった！

……………

卑劣な「団体」であるおまえは不正をはびこらせる
まるでおまえ自身が災禍であるかのように
そのおまえが嘆願者たちを裏切るのか？
冷淡な上に打重なる冷淡
おまえが裁かれれば、その禿頭に
煮えたぎる血しぶきを降り注いでやる
同情の余地などありはしない。

……………

野禽に熱湯をかけてやれば
皮は剝がれやすくなる
それから、まだ生の肉には肉挽き器を使う
細かく、細かく肉を挽く
お好みで生タマネギを加えてもいい
オイルも、マスタードも、ケーパーも、
ケチャップも……

母親　恐ろしいわたしの友人たち

そこで何をしているのですか？

復讐の女神たち　分かるだろう。不正の炸裂に引き寄せられ
われわれは憤慨するためにやって来たのだ。
われわれがここにいなかったら
このおののいた激しい抗議を誰がけしかけてくれるというのだ？

母親　でも囚人たちは？
かれらだけにしておいたのですか？　誰が見張っているのです？

復讐の女神たち　う〜ん……でも……いつもは……
吠える犬がいるんだが……

母親　今夜はいないようですね。
捕らえた者たちが逃げますよ！
ああ、不安です！　早く！　急いで！　走りましょう！

復讐の女神たち　そうだな。急ごう！　跡を追うぞ。

（母親と復讐の女神たち、去る）

合唱隊　殺してやりたい。
………
いつかわたしは手紙を書く

そして、王や大統領や教皇や医者の首脳など、
すべての最高権威者たちに送りつけてやる。
内容はこうだ。
最高権威者よ、おまえは自分の国にどんな種をまくのだ?
平和の種か、それとも災いの種か?
教えてくれ、われわれ二人のうち、どちらがもう一方に苦しめられるのか?
夢も希望も味方もない人間たちに対して、
この野郎、おまえは何をしでかした?
石のように冷たい乳房で、おまえは誰に乳をやった?
おまえの祈りの言葉から漏れてしまった者たちがどこに住み着いたか、知っているのか?
われわれは墓地に住んでいる。
おまえは「神」の不完全な思いつきでしかない
おまえらのようなペテン師たちによって
地上の権力の座が独占されればされるほど
「神」はいることができなくなってしまう。
一方、わたしは悲しみの神の化身
神々の部族の最後の末裔。
わたしはどしゃ降りの雨のように流れ落ちる涙

天上のまつげからこの墓地の上へ。

…………

アイスキュロスよ、おまえだったらどう思う、人は生まれながらに下劣なのか、それとも自分でそうなろうとするのか？

アイスキュロス　人によります、遺伝子や時代や性別、受け継いだことや願望にもよるし、海流や気流次第でもある。人さまざまなのです。

多くの人間は実際のことより仮想的なイメージを好むものです、そのことは昔、わたしの『アガメムノン』でも言ったことです。不幸な人に対して、誰でも涙を流すことはできるものしかし、悲しみの刺すような痛みを自分のはらわたにまで染み込ませるものは大変まれです。

同情は高くつく。みんな自分のことで手一杯。

わたしだっておまえのために苦しみたくはない。人生は短すぎるのだ。

共有するには勇気がいる。

わたしには立ち止まる時間はない。パンでさえもなかなか施してやることはできない。

それほど感じたことはなかったが、今、途方もない不安を感じている。

ああ！　何も消費することなく与えることができれば。

しかし、人間の多様性に話を戻そう

それは医学的な多様性で、おまえが薄切りに分けたいものだが……

合唱隊　血まみれの卑劣漢ども。

アイスキュロス　あんたの言葉の斧でわたしの言葉をずたずたにしないでくれ。

合唱隊　何だ、わたしの憎悪は嫌いか？

アイスキュロス　ちっとも嫌いではないが、どちらにしても
正義というものを正確に聞いてもらおうとする芝居のなかで、
おまえがかまわないなら、一言言ってもらいたい
そうすれば、おまえの正しい怒りと混ざり合うどのような不正も
われわれは回避できるだろう。
どちらにしてもあの女がいるのだから
さきほど、イバラの冠を被った雌ライオンのような表情を
集まっている者たちに振り向けたあの女が。

合唱隊　その女は医者だと言ったな？
だったら、明日になって、その女が手のひらを返すことはなく、その冠を脱いで、
群衆のなかの人たちと同じようにおべっかを使うようにはならない、と誰が言える？
人生はこんなに短いのに、消耗して何になる……

アイスキュロス　あの女だ、ちょうどそこに来たぞ。

＊＊＊

第15場

（マダム・リオン登場）

マダム・リオン　この手紙に署名しないということは、わたしにとっては、脱退以上、追放される以上のこと
扉は開かれている。
署名しないということは、わたしの目には旗印のように輝いて見える
わたしはたった一人。さらば、仲間よ、先生方よ
わたしにはそそくさと逃げるあなたたちが見える。すべては恐怖で卑屈になっていて
愛などはまったくない。夜はとても美しい
なのに、かれらは夜が呼吸しているのを見ようともしない
わたしはこれから生まれるみたいな気がする。

（ブリュラール医師登場）

ブリュラール　マダム！　ご一緒してもよろしいですか？

とても孤独なんです。

マダム・リオン　もちろん、喜んで。あなたは……？

ブリュラール　わたしは署名しました。でも、あなたのお言葉がとても気に入ったのです。わたしも同意見です。だからわたしは悲しい。署名してしまった。どうしようもなかったのです。「団体」はとても強い。逆らえば、わたしの生活は大損害を被り、名前を抹消され、討論会や会合からつまはじきにされるでしょう。わたしには分かっています。そしてもう一方では、患者たちがおとなしくしてはいない、そうでしょう？

マダム・リオン　「この学派の先生方の面前で、わたしは忠実であることを約束する、そして名誉と良心に懸けて誓う」

ブリュラール　何ですって？　何と仰いました？

マダム・リオン　ヒポクラテスの誓詞を暗唱したのです。「良俗を歪め、犯罪に荷担するためにわが立場が利用されることはない……」えーと、それから？

ブリュラール　「この誓いを破ることなく、遂行しそれによって、見事に人生を楽しみ、仕事を享受できれば人間たちのなかで永遠に称えられることになろう……」それから？

アイスキュロス　「もしわたしが誓いを破るか、偽りの宣誓をするならば
わたしに不幸な運命が訪れんことを」

ブリュラール　恐ろしい！　こんな誓いは絶対にやるべきではないのです。われわれはまだ未熟です。
何をしているのか分かってないんです。先生方の前で誓ったとします。その次の日にはすでに誓いに背いているんです。一度背けば、そうしつづける。それをどうやって切り抜けられるんでしょう？

アイスキュロス　残酷なまでに美しい誓いの言葉
この簡潔な誓いの言葉が大地に注がれれば
亡骸《なきがら》にとっての崇高な飲み物となるだろう。

マダム・リオン　先生たちを、長い間わたしは……尊敬していた。

（二人、退場）

合唱隊　やっぱり、足が冷えるなあ
わたしにやらせておけば、
コルニュの野郎の悪魔の角をつかんで（「コルニュ」には「角を生やした、コキュにされた男」の意味がある）、

空中にぶんぶん振り回し、
壁の向こうに放り投げてやったのにな。
…………
じゃあ、やってみろ。
…………
遅すぎる。
足が冷えると、もう勢いがつけられないんだ。

＊＊＊

第16場

（フォルツアと「隊長さん」が再登場）

隊長さん　密告の責任をとって下さい、かれらがわたしを推挙してしまったのです。
フォルツア　それなら、あなたが責任を負わされてしまったのですよ！
それでも、やれることは全部やるべきだった、かれら自身に責任を負わせるように！
かれらを裁判の場に直ちに連れて行き、われわれ自身はそこに入らないように。

かれらを煽って、苛々させ、異常に興奮させ、
怒らせて、カッとしてわれを忘れさせ、口調を泡吹くものにしてやるのです、
サーカス小屋に群衆を連れて行き
かれらの判決の一つひとつに拍手喝采させるのです
そして、国全体がかれらの本音と同じであることを
かれらに納得させて、
われわれの敵に対して慎重になりすぎているかれらに弾みをつけてやるのです。
かれらにへつらってやり、無罪放免を約束してやって、
かれらの弱気な血をかき立ててやるのです、
気づかれないうちに、あの医者たちのなかから
われわれの策謀の優れた理解者を作り出すのです。
わたしは陰謀に火薬を与えたのに、そいつは火を着けてくれない
だからここで、わたしの指示に従いなさい！　何をぐずぐずしているのです！
失った時間をとり戻しなさい！　何てことだ！
明日の朝、学者たちの口から漏れた煽動的な言葉が
すべての新聞に載るのが見たい
きっとわれわれ国民を熱狂させるはずです！

隊長さん　明日の朝と言っても……
数時間後ですし、それに……

フォルツァ　何です？　まだ覚悟ができていないんですか？
五千年経っても、国民の望むものは
相変わらず同じだというのに？　生贄の首……。お祭り。
わたしは祭典と言いたいし、
魔法の杖の一撃と言いたい。急ぎましょう。
町は燃えやすい。マッチ一本あればいい。
隊長、しっかり、突撃するのです！

隊長さん　行動だ、誘導してくれ、あんたに従う！　突撃しよう！

（かれは退場する）

フォルツァ　疲労だ！
鷲、狐、ウナギ、
オオカミの群れ、コンピュータ、
偉い先生とそのとり巻き
わたしひとりでそのすべてであらねばならない。
鉱脈を見抜くこと、人の心の襞を理解すること、
それに偉大な画家でもあること、
敵を凶暴な人物に仕立て上げること、

外観を生々しく描写し、敵を実際より悪く見せること
こうやって、あらゆる点で恐怖に似つかわしいものとなり、その恐怖が国民にとり憑いてしまうのだ。

⁂

第17場

（「王妃」と「母親」登場）

王妃　奥さま！　待って下さい！　ちょっと話をさせて下さい！
母親　でも時間がありません！
王妃　大切な用があるんです。明日また来て下さい。
いいえ！　すぐでないと。今晩と明日では雲泥の差です。
王妃　手短にしますから。ちょっとだけ。どうかお願いします。
母親　お聞きしましょう。
王妃　わたくしも、子供を一人亡くしました。

母親　あなたの辛さは、分かります。子供を……殺されたの？
王妃　いいえ。
母親　それなら、同じ辛さではありません。
王妃　そうだとしても、母親の気持ちとしましては、全部失ったように思いましたし一年のあいだずっと、たくさんの涙を流しました。今は、溢れ出る苦しみが収まるのを待つばかり。
母親　想い出のゆっくりした流れが目からあふれ出てきます。想い出がそんなに多くあったなどと誰が思ったでしょう。風が通りすぎても、その年は止まったままです。
王妃　わたしは頭が割れてしまった、脳の一部を失うのが怖い。一方では、すべてを忘れたい。でももう一方では、絶対に忘れたくないものです。
母親　忘れるためには、覚えている必要がある。ああ！　わたしの子供たち、子供たち死ぬことと同時に生きること、死ぬことを生きること。
王妃　このちっぽけな範囲、これが全宇宙です。
母親　ご存じなのですね。
王妃　そして、今やほどなくです、ある朝、乱暴なののしり声が

わたくしたちの墓に襲いかかります
わたくしたちが泣いているあいだに、世界は粗野で好戦的になってしまいました。
獣の軍隊が押し寄せ
都市《まち》は耐えられないくびきの下に置かれます
大地は無数のかけらになって飛び散り、命は尽きるのです。
誠意がなくなった宮殿では
笑みを浮かべた悪魔が王冠を被ってしまった。
そして明日から早速
悪魔は玉座の背後に座り
笑みを浮かべながら多くの死刑判決に署名するのです、
そのあいだ、あらゆる場所では、
敗北した市民たちをむさぼり食う巨大トラックが
じりじりと苛立ち、不吉なうなり声を上げます。
もし、さげすむ心が勝ち誇るようになってくれば、
これこそ、わたくしたちに起こりうることなのです。
この期に及んでさえ、わたくしたちの運命はほんの些細なことに左右されるのです。

母親
わたしもこの些細なことのひとつです
分かっています。でもそれにさえ値いしなかった。

王妃
なら、手を貸して下さい。

母親　あなたとわたくしで、模範となる平和条約を結びましょう。
王妃　わたくしはあなたを支持しますから、あなたもわたくしを支持して下さい
わたくしたちは盤石になります。
そうすれば、敵を仰天させられるはずです。
わたしに黙っていて欲しいのですか？
協力して下さい、わたくしはあなたの同胞です
わたくしには想像を絶する苦痛は分からないでしょうが
この地上であなたを援助させて下さい
わずかですがあなたを慰める方法を存じています
わたくしは残された者たちのことを思っています
病院や財団や救急部門を手に入れることができるでしょう、
わたくしには考えがあるのです
そして近いうちに、あなたとわたくしとで、
ひどく打ちひしがれた子供たち全員を連れて行ってあげましょう
中国まで、インドまで、そして銀の島々、アルゼンチンの島々（「アルゼンチン」は「銀の国」の意に由来する）まで。
母親　やめて！　やめて！　そんなこと、望んでいません。
王妃　わたくしたちはあの子たちにこの地球を与えてやれるのですよ。
母親　できません！　望んでいません！

王妃　死んだあの子たちにはわたししかいないのに、苦しめてしまうことが怖い！
けれども、他の人たちはどうなるのです、母親も子供も患者も
瀕死の人もおそらく助かった人も、
あなたやあなたのお子さんほど知られてはおりませんが
まだ生きているのですよ、
同意されないのですか？
母親　あなたにつましく話しているのです。どうかお願いです
わたくしは人間の力で可能なところまで行くつもりです
わたくしがあなただったら、もっと大きな犠牲も厭わないでしょう
最悪の事態を避けるためです。
あなたがわたしだったらなんて！　あなたはお妃にすぎない
危うく忘れるところでした。
王妃　国王は実に巧妙です。
あなたをここに寄越すなんて！
あの人はわたくしがここにいることを知りません。
わたくしが勝手に考えたことです。
母親　国王みずから来るべきでした！
王妃　わたくしでは不十分なのですか？
母親　あの方にこう尋ねたかった、国王にです

子供たちを殺した者は
なぜ、どうやって、誰に守られて殺すことができたのか、と。

王妃　「国王」がその男を選んだわけではありません。
母親　しかし、足蹴に追い払いもしなかった。
剣がきらめくことはなかった。
公正であるべき者が「正義」から一度でも眼をそらし
たった一回でも「不正」が成されれば
「裁き」は永久に権威を失う。
「国王」は公正さを失ったのです。

王妃　あなたはどうかしておいでです
「絶対者」を求めていらっしゃる
「王」とは完璧な者ではありません。
明日フォルツアが支配することになれば、あなたは
ご自分の強情さを悔やむことになりますよ。

母親　悔やむことはありえません。同意もできません
わたしに断念はありえないのです。
わたしわたしわたしわたしわたしわたし！　でも、天の剣をもつことを誰があなたに許
可したのですか？

王妃　母親はたった一人ではないのですよ!!!　もう何も言わないのですか？

母親　判定はお任せします。

王妃　判定！　ここでは誰が審判を下すのです？　わたくしのほうがお願いしているのに、
わたくしはこの国のことが心配なのです。

母親　国なんてものはすべて地球の表面を通過しているだけです。

国々が通過してしまっても、母親たちはなおも存在し、あらゆる王国を超えたところで
「正義」を愛でることでしょう。

王妃　それでは、断るのですね。

母親　王妃さま、わたしたちは同じ身体から生まれたわけではありません。

わたしはまだ我が道を行きます。

（母親退場）

王妃　恐ろしい女！　わたくしに名誉に関わる鏡を突きつけるなんて
わたくしには彼女が何を期待しているのかさえ分からない。

それなら、わたくしのほうは？　もうどうしたらいいのか分からない！

わたくしは、誰一人として説得できない。

ああ！　耐えられない女！

いいえ。耐えられないのは子供のほうだわ。

（王妃退場）

＊＊＊

第18場

（「夜」、復讐の女神たち、X1登場）

夜　この男は訴追されている。もはやいかなる土地も彼を受け入れない、
彼にはもう祖国もなく、この世界で独りぼっち。
父も母もなく、友もなく、喘ぎながら、
支離滅裂に走り回っている、そしてこの惑星全体がその足音に憤怒で逆立っている。

復讐の女神たち　さあ！　走れ！　われわれはおまえの後ろにぴったりついているぞ。われわれがそこにいることは分かっているな
われわれのほうは、われわれがいることをおまえが知っているということを知っている。

X1　もうたくさんだ。殺してくれ、もう終わりにしよう。

復讐の女神たち　殺したいのは山々だが、
われわれは母親と約束したのだ

X
1

夜

おまえを憔悴させるだけにする、と。
母親はおまえに言いたいことが少しあるのだ。
俺はそれほど沢山誉れあることをやって来たのか？
王は俺を裏切ったが、それ以上に俺が王を裏切ったと言うのか？
俺に押しつけられた定めと俺とのあいだには
途方もなく大きな食い違いがある。
俺は果てしない落下の滝に
投げ落とされるほどの価値があるのか？
俺が仮に一〇年間償わねばならないなら、
他の連中はどうなんだ、下っ端の手下から
位の高い大臣まで、奴らは
数百年は償わねばならないだろう、
もちろん、「王」のことは別格としてだ。
それにしても、世界中でたった一人だけ
途方もない苦しみに耐えねばならない、それがこの俺なのだ。
でも、どうしてこの俺なんだ、どうして俺が選ばれたのだ？
全人類のなかで、どうして俺だけが引き裂かれる？
わたしが答えて進ぜよう。
それぞれの人間には唯ひとつの運命が割り当てられ

それぞれの苦しみに別の例などなく、
個々人にはそれぞれの天国と地獄があるのです。

すべては引き裂かれ、矛盾している。そしてこれが普通なのだ。

わたし自身にしてから、二つに引き裂かれ、昼に命を吹き込んでいる。

そして、地球もみずからを引き裂き、空を作り出しているのです。

母親という存在は、自分自身とその正反対の存在を胎んでいます。

このようにして物事は定められます
そこには変わることのない台座があるけれど、その周りには不安定な空間が広がり、その下には底なしの穴が口を開けています。

あなただって、本音と建て前に引き裂かれています。

ですが、本音を前面に出て来させる時が来たのです。

X 夜 1

あんたは誰だ？
わたしは真実の信奉者。
わたしは「夜の闇」、死者たちの舌をなめらかにさせる者
それに、嘘つきたちの舌も。
わたしは廊下の突き当たりにある鏡
そこでは、恋人同士が互いに輝く姿を眺め、ひとつに結ばれるのです。
わたしは「暗闇」の只中にある光の大本。
人々が互いに見えなくなっても、わたしには見えます。

わたしは見るためにここにいる
興奮のあまり互いが見えなくなった者たちを見るためです。
わたしはなにがあろうと愛する母親、
あなたたちを欠けることなく見ているのがこのわたしです。
あなたにはとても厳しい眼差しを投げかけました
どんな気持ちであっても、顔つきであっても、もっとも内に秘めた思いだとしても、
わたしは見逃がしません。
わたしの前では、あなたは鏡の前にいるようなもの、ありのままの自分になっている。
見てご覧なさい。

X1　（「鏡」を見ながら）ああ！　母親が来るのが見える。

夜　なんですって⁉　自分の姿が見えないのですか？

X1　ああ、まったく。見てみなさい。何が見える？
「母親」だ。

夜　それだけ？　それならそこは？

X1　そこ？　それだけだ。
今まさに、母親がわたしに近づいて来ている。

夜　これからは、思ったとおりに話しなさい。
ここにはこの男とその女しかいない、
良いか悪いか、平和か戦争か、

母親　互いに理解する可能性があればいいが。

X1　あの……

もしあなたが、俺に許しを請えと言うのなら、
やめにしよう。

母親　そんなこと、頼んではいません。

あなたのことを話して下さい。あなたを理解させて下さい。

望むのはそれだけです。

X1　誠心誠意、俺のことを話そう。

一方で、俺はお金が好きだ、まさに素直な気持ちで、単純明快、金儲けが好きなんだ、
お金が貯まってゆくのが大好きで、快感だ。

時には興奮してカッとなることもあるが、自分の環境に優越感をもてるし、仕事の依頼
があれば、直感的に飛びつく。

分かるか？　奥さん、そういう気質なんだよ。つまり、有史以前からの骨組ってやつだ。

母親　ええ、分かります。それで、もう一方は？

X1　もう一方は、奥さん、不可能なことがあるということ。

こう言える男がどこにいる？

そう、金儲けに目が眩んだ俺は、一三〇〇人の子供たちを死なせてしまったか、あるい
は、かれらが死なないようには何も講じなかった。そもそも、一三〇〇人と言うべきで
はなかったな、今のところ、死んだのは一九〇人だけだから。しかも、不幸が狡猾な足

どりで忍び込もうとしても、科学的には該当者の一〇分の一だけが死に至るそうだ、つまりは一三〇人。それでも奥さん、俺がそうしたと仰るなら、俺は死に値するだろう。だから、どう考えても、俺には自供するようなことはないんだ。お金のことも、大好きだし、それを恥じてもいないし、頭は冷静だ。殺すためには、お金という言葉の熱狂的な響きが脳みそに痙攣を引き起こさねばならなかっただろう。だが、俺は冷静だった。この手を見なさい、指は白いし、まっすぐだ。

俺がやったと言うなら、こうは見えないと思わないか？

あんたのお仲間たちは俺の喉を掻き切りたいのだろう。

彼女たちの狙いが俺の命だけだとすれば、

俺は彼女たちにこう言うだろう。「さあ、バッサリとやんなさい！」

俺の命の糸はすでに全部むごたらしく手繰られてしまったが

少なくとも、俺が罪汚れのないまま死ぬのでないといけない。

もしあんたが俺を有罪だと思っているのなら、

俺は屈服しないぞ。

潔白の印をほんの一滴でも敵に引き渡すくらいなら

喉を掻き切られたっていいし、自分で自分の血を流したっていい。

そして最後に、分かってくれ、奥さん、

俺が冷静な頭の持主であるというのは、

俺自身、氷が張った水面下で母親だからなんだ。

母親　母親⁉　どういうことです？

Ｘ１　こういうことだ
ある日、水かさが増した河縁を散歩していて
突然目撃した
急な高波に子供たちがさらわれるのを
呑み込まれた子供たちはまさに死ぬ寸前。
俺は川に飛び込み、子供たちを助けた。
俺は二十歳だった。褒め称えられたよ。
この同じ子供たちを、あるいはそっくりな別の子供たちを、
この同じ男が死なせたと思うか？
どうしてそんなことができる？
それでもそんなことをしたと思うか？

母親　分かりません。考えられません。

Ｘ１　だからこう言っただろう。不可能なことがある、と。
今回の行為と俺のあいだには、巨大な壁がそそり立っている。
そこには扉もないし、隙間もない。

母親　それでも、殺人はあったのです。
どうしてできたのですか？
片手に斧をもち、

もう片方に柔らかい丸パンをもつ
残忍な結託です、わたしは人間が怖い
油であり、火であり、子羊であり、それと同時に炊事係となりうる人間が。
相反するいくつもの手をもったこの生き物が怖いのです。
どうしてあなたにはありえないことができたのでしょう⁉

復讐の女神たち　難しいことではない。こいつは嘘をついているのだ、おそらく。
教えてやろう。この手で……

母親　嘘はついていません。かれは自分の言っていることをすべて信じています。

復讐の女神たち　あのガラガラヘビに彼女が耳を傾ければ、
ガラガラヘビはその後七日間彼女の頭に巻き付き
そして七日目
われわれの最後の砦が崩壊する。
おまえにとっては災難だが、墓地は粉微塵に爆裂する、
おまえはおまえの一切の星を失うのだ。
そして、わたしは歯をすべて失う。
そんなことは見たくない。わたしは顔を覆って
墓の割れ目のなかにある故里に戻る。

母親　掘り起こしても無駄なんですね。
この心のなかは、嘘のちょっとした切れ端もないし

揺れ動いている真実のちょっとした切れ端もない。
あっちの引き出し、こっちの引き出し、
どれも空っぽ、空っぽ！
残酷です！　惨めです！
寒くもなく暑くもなく、考えることも思い出すこともない
こっちもない、あっちもない。
心はミイラと化している。恐ろしいのは身動きできないこと。
赤いものも輝いているものももう何も残ってはいない。
わたしは生気のない物質にむなしく穴を開けているだけです。
X1　やっぱりだ！　また始まった！　繰り言だ！
母親　わたしは怒りたくはない
でも、怒りが強烈に
はらわたに溜まってきたみたい。
急いで！　行って下さい！
X1　出口はどこです？
復讐の女神たち　おーい！　こっちだ！
X1　またあんたたちか！
復讐の女神たち　もちろんだ。
まるで柱か何かのようにわたしを迂回して行くことはできないぞ。

X1　ここでは不可能なことが存在するのだ。
罠だ！（「夜」に向かって）わたしに言いましたよね。「わたしは友人だ！」と。あなたを信じたのに。
復讐の女神たち　信じた！　そうだ。すっかり信じたんだ！
夜　行かせてやりなさい。
見てのとおりの男で、裏があるわけではない。
（男は退場する）
復讐の女神たち　みなの者、見たか⁉　「夜」はあやつめにこう言った。
「行きなさい、そしてこの鏡をのぞいてみなさい
侵すべからざる恐怖で一杯になって、じっと見つめるのです
あらゆる有名な悲劇的修羅場で
虐殺された子供たちの真っ赤に染まった衣裳の行列を。
見なさい、細切れにされ、粉々になった子供たちを
見なさい、テュエステース〔アトレウス一族の争いの発端になった兄弟の片方。アトレウスによって料理された子供たちを喰わされた〕の子供たちを、アガメムノンの子供たちを、
見なさい、エドワード〔四世〕の子供たちを
見なさい、黒い小さなエリヤ〔ヘブライの預言者〕を

見るのです、煙のなかに切り分けられた子供たちを、
燻製にされ、幽霊となったすべての子供たちを、
彼らは煙突の周りを飛んでいます
あの上の……」あれをおまえたちは何と呼ぶのだったか？
ゲットー？

母親　強制収容所。

復讐の女神たち　それだ。
「それから、自分を見てみるのです
血に汚れたエプロンを着けて集まった殺戮者たちのあいだで
恐怖におののいている自分を」
あやつはそこに行き、鏡をのぞいてみた
すると、そこには何もない
奴は侵すべからざるどんな恐怖にもおののくことはない
おまえは、こんな哀れな人間に
まだ何か期待しているのか⁉
…………
ひどい間違いだ！
心の目が見えなくなった男
あやつは不敬な足どりで苦痛の世界へと入って行く

飲み屋にでも入るように
そして、なかに入り込めない表情の男に直面して
おまえの言葉はこわばった死体になってしまう。
この男は恐怖も哀れみも知らないのだ。
だからこそ、おまえの悲劇は一層痛ましいのだ。

母親

ああ！　希望よ、それはあなたの過ち、
わたしは期待しているから、起こりえないことを待ちつづけるのです。
そう、それは死に絶えることのないこの狂気の希望ゆえ。
消えるために生まれるこの痛ましい火花
再び燃え上がろうとして必死になるものはこの火の粉の他にはない
死ぬために生まれるのです
そして、生まれ変わるたびに、わたしたちを苦しみへと連れてゆく。
わたしはそれを押し返します、でもうるさく付きまとってくるのです
そいつの指をわたしが切っても、指は再び生えてきます。
やめて、希望よ、放っておいて！
ああ！　つまり、わたしが死なないと、おまえも消えないのね！
希望なんて二度ともちたくはない。

夜

それでも、あなたは希望をもっている。

復讐の女神たち　おまえはわれわれを当てにすればよいのだ

母親　われわれのしきたりに従ってな。それほど難解ではないはずだ。
何もお願いする気はありません。もう絶対に。

復讐の女神たち　かなり現実に即しているはずだが。

母親　わたしをそそのかしたのはあなたたちです。
わたしは繰り返し夢見てきました、夢、夢。
あなたたちさえいなかったら！

夜　わたしに消えて欲しいのか？

母親　ええ！　そうよ！

夜　よし、消えてやろう。

（「夜」退場）

母親　いいえ！　待って下さい！　行かないで！
逃げないで、女神様、わたしをおいて行かないで。
助けて！　助けて下さい！
誰か彼女のマントの裾を抑えて。

（母親は走って退場する）

＊＊＊

第19場

（舞台には、アイスキュロス、合唱隊、復讐の女神たち）

合唱隊　この希望の戦いはまだずっと続くのだろうか？
どう思う？　他にもいろいろ見てきたおまえは。
どのように終わるのだろう？

アイスキュロス　かなり急に、かなり荒っぽく終わるでしょう。
その時はそう遠くない、終わりが来る。
すでにわたしには、斧がブンブン音を立てているのが聞こえている。聞こえますか？
最後の場面までわたしについてきなさい
きわめて特別な場面となるでしょう。
………でも、あれは何だ？
クラクションの派手な音とかなりの騒音だ、都市《まち》から出て、
ここまで届いているようだが、一体何事か？

（修繕係登場）

修繕係　警戒せよ！　馬に乗れ！　バイクに乗れ！　進め！
我が友らよ！　フォルツァが選挙に圧勝したぞ！
まるで巨大なうねりのように、立ちのぼり、果てしなく盛り上がっている
やぐらまで、「宮殿」まで
玉座まで、そして大きくなり、白夜のように広がる
「王国」だったところの上にまで
こんな津波、誰も見たことがない。
聞いてくれ！
復讐の女神たち　第一ラウンド！　都市《まち》は落ちた！
われわれにとっては、非常に好都合だ。
もっとも忌まわしいことがそれほど忌まわしくないことより先に起こっている！
良い兆候だ！　すべてがどんどん悪くなる。
合唱隊　これから何が起こるのだろう？

（メッセンジャー登場）

アイスキュロス　メッセンジャーだ。

メッセンジャー　母親への伝言です。新政府からです。

合唱隊　よこせ。

…………

立ち去れ。

（メッセンジャー退場）

…………

フォルツァからの伝言だ。

「奥さん、戻ってきなさい。あなたの損害は賠償されます。社会のクズのことなど放っておきなさい。今回の一件はかれらには関係のないこと。かれらには墓地を明け渡してもらいます。さもなければ……」

復讐の女神たち　分かった、もう読まなくていい。

合唱隊　でも、もう読み終わった。「さもなければ」で終わっているのだ。

…………

「さもなければ」⁉　おお、「さもなければ」なんて好きじゃない。

…………

「さもなければ」？　「さもなければ」とは一体どういう意味だ？

…………
わたしには分かる、「さもなければ」と言うのは暴君たちの最初の言葉だ。
だから、どう答えればよいのだろう？　これほど漠然として、途方もなく、高圧的な脅しに対して。
抵抗の精神をもって、練らねばならない
抵抗する者たちの命を保ちつづけるような策を。
わたしはこの気高い墓地を守るべきか？
一連の出来事からますます高潔になったこの墓地を
そして、ここで命を落とす危険を冒すべきか？
それとも、生き延びるために
この墓地を見捨て
もっと遠くに別の墓地を探すべきか？

復讐の女神たち　圧政に耳を貸してはいけない、絶対に！
苦しみの下でこそ、勇気は増すのだ！
おまえたちが屈服して、逃げ出せば
明日の朝、どれほどの災禍が起こることか
甚大な弾圧が、数えきれない不和対立が起こる！
幾多の衝突が起こるんだぞ！

合唱隊　耳障りな音はやめてもらえないか？

少しのあいだ？　考えさせてくれないか？　少しだけ？
あんたたちはここの出じゃない。ここのことを何も分かってはいない。

復讐の女神たち　イオ！　耳障りな音だと！　このわたしが！　何て品のない言い方だ！
イオ、ポポイ！　ここの出じゃないだと！　よそ者扱いか！
だったら在留外国人〔アラブ系仏在住者を指す言葉〕と呼べ！
出て行くよ、出て行ってやるとも！

合唱隊　はい、はい、そのとおり、出てけ！　出てけ！

（合唱隊は遠ざかる）

復讐の女神たち　おまえはなかにいろ！
考えることだ、飼い慣らされたウサギよ！
すでにわたしにはすべてが縮んでゆくのが見える！　壁が急上昇し
排除と抵抗が血管を逆流している
国外追放と投獄の雰囲気が漂っていて
雪がものすごい速さで積もってゆく
みんな逃げ出したいが、どこに行けばいい？
行く道、行く道で苦しめられるのだ
国境では、棘のある鉄条網が分厚くなり、

山のけもの道では、追い払われた者たちが力尽きて
その魂は事切れ、自然へと帰ることになる。

もはや世界はぎゅっと閉じられた拳のようなものでしかない。

それでも本当に言えるのか？　誰がここの出で、
誰がここの出じゃないと。

どの頭のなかも真っ暗だ。

それで、おまえは、わたしに橋を渡らせないのか？　わたしを地下室に入らせない気か？

わたしの船も全部焼いてしまうのか？

割れ目という割れ目はすべて塞いだのか？

こんな追い返し方は見たことがない
翼をもがれても、わたしはおまえに話しかけるぞ。

教えてくれ、われわれの内、誰が一番よそ者じゃない？

遠くから来たんじゃない。ここそわたしが出てきた場所なのだ。

返事はしなくていい。


（母親登場）

母親　でもわたしは逃げません、恐怖に負けたくはないから

この墓地の薄暗いなじみの道のどれからも逃げません
そこでは、我が子らの声が明るく響き渡っているのです。
友らよ、あなた方にお願いします
不吉な伝言に耳を貸さないで下さい。
目を見開いて、見て下さい。すべての人があなた方を見つめているのです。
あなた方はわたしの身の上話を
さっと一歩で乗り越えてしまうような無縁な者ではない
あなた方の内どなたがこの墓地を排除できるというのです?
無慈悲な一歩で。
この刺々しい外苑、わたしの墓地以上の存在、
わたしの亡命生活の住処よりも、あなた方の都市よりも
我が鳥たちの巣よりも
あなた方の安全な避難場所よりも
わたしたちの死んだ者たちの小舟よりも、収容所のベッドよりも
この庭はわたしたちの図書館であり、記録保管所であり、わたしたちの未来であり、
夢で一杯になったいくつもの小部屋があるわたしたちの巣箱で、
わたしたちが書かなくてはならない本なのです、この本が証拠となり、保証となって
誰一人として忘れられないようになるのです。
そのことを間違えないようにしましょう

残酷で奇妙なこの物語は
単に一人の女の些細な事件というだけじゃないんです。
この物語は「黙示録」のような見開かれた眼で、あなた方にも振り向けられます。
他の人たちは、別の名前で、別の身体のなか、
この物語を耐え忍んだし、今後もそうすることになる
だからこそ、わたしは物語の流れを変えようとしているのです。
目をつむらないで、顔をそむけないで下さい。
顔をそらせばすぐに、「野獣」は
前に大きくジャンプしてきます。
見張って！　見張りつづけて！　この岸辺を離れないで！
もし、あなた方が手を離し、この川も地方も幼い兄弟さえも見捨てるならば、
おそらく、一人の女が「野獣」の口の餌食とされてしまい、
さらに、獣の食欲は一層旺盛になるのです。

復讐の女神たち　アイスキュロスよ、おまえはどう思う？　おまえの手下どもは「野獣」に屈することになるのか？

アイスキュロス　それはありえない。
でも決めるのはかれらです。
それにしても、色も形も決まった大きさもなく
闇はすでに広がっている。

神は近眼だし、わたしにはどんな兆候も見えない、テッサロニケ、おまえはどうだ？

テッサロニケ　わたしもです、ほとんど何も見えません

でも、わたしはほとんどすべてを承知しています。

母親

水は岩より強いのです

そのままずっと耐えていればいいんです、すべてはすり減ってゆく、

石もすり減り、恐怖感もすり減り、わたしもすり減る、

もう身体はすり減ってしまいましたが、わたしは自分が正しいと確信し、それが導き手

となっています

ですから、「さもなくば」という言葉が消え去るまでこの身体は耐えるでしょう。

きっと奴らは対抗してきます。

そして、わたしたちの予想外のしつこさを前にして、「野獣」ははっと立ち止まるはず。

復讐の女神たち　わたしにとって、すべては明白なこと、奴らは譲歩する。

何をまだやらねばならないのか、わたしは分かっている。狩りに戻ることだ。

われわれはここまで尊重してきた、自由な行動を

悲嘆に暮れた魂たちの自由行動を、

だからといって、われわれを見ている者たちは

この憂鬱が禍々しい結果に身を譲るまで

飼い慣らされたウサギにわれわれがついて行くと信じるべきではないのだ。

わたしは、すべての傲慢な連中に怒りをぶちまけないかぎり

同じ墓には二度と入らない。
さあ、我が怒りよ、立ち上がるのだ！
われわれの激昂した物語は風のようにまた始まる。
幕を下ろすのはわれわれだ。

（全員退場）

＊＊＊

第20場

（国王、登場）

国王　やっとだ！　縛りは解かれた！　負けは確実だ！
ようこそ、不幸な時間よ、おまえを待っていた
わたしにとっては、これは十字架と岩山から下ろしてもらえるということなのだ。
これは必ずやって来る七日目であり、当然の休息なのだ。
「王」の辛い務めは終わり

友などいなかったあの高みに座りつづけた長い期間が終わる。
たっぷり見た！　十分口を噤んだ！　わたしの目はすり減ってしまった
権力の剝き出しの光の下、すべてを見たからだ。
わたしにはこの受難が割り当てられたのだ
他の連中はそのことを分かろうともせず
何かをでっち上げては、告発するばかり。
もしわたしが有罪なら、それは、こらえ性のないこの世紀の求めのようには
わたしにはほんの一吹きで山を動かすことなどできなかったからだ。
わたしの心のなかまでのぞき込めれば
わたしに人が殺せるとは思わないだろうし
復讐からにしても、他人を憎んでにしても、そんなことができるとは思わないだろう。
だが、わたしには証人がいない。
それを知っているのはわたしだけなのだ
わたしがどれほどあなたたちを愛していたことか。
人々はわたしを追い出せると思っている。わたしは十分地歩を占めた。
岩山から降りて、わたしは逃げる
これが初めてではない、
激怒した夢想家たちから遠く離れるのだ、王たちには神々であれ、と言い
神々には身勝手なおのれらの僕であれ、と言うあの夢想家たちから。

結局、わたしの葉っぱはすっかり落ちてしまった、結構な秋だ！
無言の木となったわたしを、季節は権力の座から降ろしてくれる。
賢明な助言や同情のふりをした狡猾な嘘や哀れみの嘘など、もうたくさんだ
「国王」に対する告発や抗議や指弾が
毎日繰り返される法廷など、もうたくさんだ
多くの避けられない苦しみの代わりに、何がある？
それは不確かな栄光と憎しみの堆積。
ああ、心配する友ら、理の当然のごとく根っから不満をもつ市民たち、
きみたちがぐっすり眠っていたあいだ中、わたしはずっと眠らないでいたのだ
悔悟の念などもたず、王の杖を折ってしまおう〔付言するまでもなく、『テンペスト』のプロスペローの台詞の借用である〕。
わたしは自分をとり戻した。今度はわたしが夢見る番だ。
だが、きみたち、これからは誰があなたたちを守ってくれるのだろうか？

（国王退場）

⁂

第21場

（フォルツァ登場）

フォルツァ　ああ！　我が国民、我が最愛のものよ！
おまえの忠実な婚約者を当てにするがよい
あらゆる種類の邪悪な存在を葬り去ってやる。
奴らはおまえを欺くことしか考えていないのだ。
フォルツァは決しておまえを見捨てたりはしない。
何だ、何事だ？

（「隊長さん」登場）

隊長さん　大統領閣下！　奴らはあきらめていません！
一斉に拒否を唱えています！
何も聞こうとはしませんでした！
フォルツァ　ですが、あなた、すべての提案を説明したのでしょう
赦免、懲罰、調停、国外追放、正常化、暫定措置など、すべてを。

隊長さん　はい、やりました！
フォルツァ　それで、かれらの答えが暴動と反乱なのですね。
隊長さん　ちょっと違います。必ずしもそうとは言えません。
フォルツァ　いいえ、そうなのです。わたしがそう予想したように
　そう期待したようにね！
隊長さん　でも、どうして？
フォルツァ　どちらにしても、きちんと一掃する機会を逃すつもりはないからですよ、少しはわたしのことを知っているでしょう？
隊長さん　ええ、大統領。
フォルツァ　そうすることで、墓地、詐欺師ども、社会のダニ、大量侵入の害、大混乱など、明日にはすべてが過去のことになって欲しいのです。そして、明後日には「忘却」の口の中にたった一飲み、とね。わたしが権力の座についたことで、混乱してしまった敵意というものを利用しましょう、そうして大々的な浄化を行うのです。
隊長さん　どうやってですか？
フォルツァ　津波とか、火事。何だっていい。われわれは健全清潔にしておきましょう。
隊長さん　衛生的に、ですか？
フォルツァ　群がっている者はすべて鉄格子に入れます。
　神聖な場所は消毒するのです。
隊長さん　必要なのですか？

フォルツァ　清潔にするって、言ったでしょう。あるいはむしろ……
あの有名な堰はどこにあります？　立地条件が悪く、しっかり造られていないから、
基礎の上でいつもぐらついているあの堰は。
ご存じですか、毎年ひびが入っているあの堰は、
汚水溜めの上にのしかかるように出っ張っている
山の中ではないですか？
そういうこと、そう！
これがお誂え向きの洪水になるのです
さあ、君、洪水を起こしましょう。すぐにです。
命令を出しなさい。
明日、わたしが首都に入城するとき、
騒ぎや紛糾があってはならないのです
フォーティンブラスが登場した時ほどにもね。
隊長さん　それで、人質はどうします？
フォルツァ　もう虫が喰って腐っている。奴らは運に任せましょう。
どうか始まりにふさわしい結末を見つけて下さい。
何です？　具合でも悪いのですか？
目がとろんとしている……
隊長さん　わたしはいつもあなたに気に入られようとしてきた。

フォルツァ　へえ、続けなさい。休む時間などないんだ。
わたしが君臨する晴れ舞台の前に、あなたの状態を知っておきたい。
隊長さん　もっと早く、もっと早く、もっと早く。
もはや考える時間などなく
こうして人は四つ足の動物になるんだ。

（かれは退場する）

フォルツァ　明日、わたしが入城する時、
民衆の冷え切った心は
庇護者の思いがけない再来によって
子供の心のようにもう一度掻き立てられ、
歓喜の喝采に包まれるだろう。
おまえたちが何を望んでいるのか、わたしには分かる、古いタイプの人間たち
おまえたちは移り気な主人らにあまりにも頻繁に裏切られてきた、
おまえたちは後生大事に愛してくれる人を欲している
ちゃんとした夫婦関係を重んじる人を欲しているのだ。
フォルツァとなら、一夫多妻制などにはならない。
幸せにしてやる、わたしを選んでくれたのだから

家を汚す不法侵入に対して
わたしなら終止符を打ってくれると思ったのだろう。
今、何時だ？　遅いぞ、隊長。

（「隊長さん」登場）

それで、やったのか？　命令はしたのか？

隊長さん　はい、しました。

みずからの口で、この口が破壊の伝令となったわけだが、
迸り出たのは揺るぎないあなたの言葉だった。
ああ！　あなたは何という力をおもちだ！
わたしが二言三言言うか言わないかで
不吉なメッセージがさっと広がり、
何もこの雷を止めることはできなかった
それに、すでに実行に移されていたのだ
この権力者フォルツァの凶暴な意志は。
神よ、あなたは何と恐ろしい力をおもちだ！
こんなにあっけなく壊滅させられるなんて
わたしにはとうてい信じられなかった。

この男はこう言ったんだ。「暗闇がこの一帯を覆い尽くす
暗闇の大軍があっという間に
この一帯を包囲する。
その時、死をもたらす瓦解の前で、
みんな突然小さくなって
墓地を駆け回る。
みんな泣き叫ぶが、その声は波にかき消されてしまう、
みんなすべての門に向かって殺到するが、
流れ出た大量の泥が行く手を呑みこんでしまっていた。
起き上がって、浮遊する大量の墓石が逃げ惑う人々を捕まえ
生きていようと死んでいようと、この小さくなった人々をまとめて運び去る
どこだかわからない奈落の底へと。
ああ！　反対の命令を出すことができれば
激流の水を無理矢理戻すことができれば。

フォルツァ　もう手遅れだ。

隊長さん　すべてが滅びる。
その時、わたしの人生は
その哀れな限界の先へと身を乗り出してしまう。
これが初めてだった、何も見えないわたしに見えたのだ。

哀れな羊の群れの大虐殺が見えてしまった。

こんなことは必要なかった、でももう手遅れだ。

フォルツァ　わたしは自分の言ったことをやり、自分が望むことを望むとは言っても、あなたが口に出すその声はまったくもって気に入らない。

隊長さん　ああ！　皮を被ってぬくぬくとしている自分がはずかしい、獣と同じだ、わたしは一匹の獣に従ってしまった。

そうだ。一匹の獣だ。

フォルツァ　わたしに手を上げるつもりか？

犬にも劣る奴だ、おまえの主人を忘れたか？

隊長さん　わたしは自分で放ったこの決定的な矢を止められはしないみんな死ぬんだ
しかし、わたしにはこの災いの元凶を止められはしない。

フォルツァ、あんたは俺をいいなりの機械にできたと思ったんだろう、急げ、急げ、急げ、急げ。

それでも、まだ俺にはあんたに汚されなかった血が残っているんだ
あんたを崇め奉ることには抵抗する。

大統領閣下殿、わたしはあんたを告発する、
明日には、国中があんたの大罪を知ることになるだろう、
俺一人で倒れはしない。

落ちる時はあんたも一緒だ！　打倒せよ、フォルツァ教！
あんたはこの俺に殺人という毒を植えつけてしまった、
だから、俺には、あんたを滅ぼすことは狂わんばかりの喜びなのだ。

フォルツァ　よせ！　首を締めないでくれ、殺さないでくれ！
後悔することになるぞ。

隊長さん　確かに！　もう殺したくはない。
死人はもうたくさん。では、お別れだ。

フォルツァ　止まれ！　誰もフォルツァからは離れられないのだ、このはな垂れめ！
いつでも同じ間違いだ、隊長。
おまえにはがっかりだ、このウジ虫め
わたしの教えから何も学ばなかったとは。
何度言ったと思っているんだ。
好機を逃さないこと
捕虜を作らないこと
情けをかけることなどないということを。
わたしを生かしておくべきではなかったな。
おまえなぞいなくてもこっちは平気だ。
さあ！　吹き飛ばしてやる、このゴミめ！

隊長さん　（傷を負って）みんな死んでしまった。

（「隊長さん」死ぬ）

フォルツァ　今や、おまえも自殺者のお仲間だ
わたしにとっては、もはや過去の出来事のひとつでしかない
あとは片付けるだけだな。
まあ、どちらにしても、おまえはわたしのやって欲しかったことをやってくれたよ！
さあ、連れて行ってやろう
おまえは国王になるわたしを見られなくなったのだ。

（フォルツァ、死体を抱えて退場する）

夜

結末として、この終わり方はあまりにも我慢ならない。
どうやら、エピローグのようなものが必要ね、そうすれば息をつけるようになる。
アイスキュロス、起きなさい。〔この三行は戯曲初版、当該底本には存在しない〕

＊＊＊

プレリュード

ダニエル　（歌うように）急ごう、バンジャマン
　輝く網を投げ込もう
　逆巻く濁流のなかに
　そして、運び上げよう、僕たちの輝く網の目のなか、
　「洪水」に飲み込まれた僕たちの友だち全員を。
子供たちの声　もしもし、空ですか、雲を送って下さい
　早く下ろして下さい。また母さまに会えたんです
　早く下ろして下さい、天の筏を
　お母さまを救い出したんです
　どす黒い水の淵から
　おおい！　よいしょ、よいしょ！　また雲を上がるんだ
　ゆっくり！　びっくりさせないように
　この荷物はとても繊細
　やった、天の上だ！　おおい！　よいしょ、よいしょ！

エピローグ

夜　大丈夫？
　かれらはみんないるかい？
復讐の女神たち　ほとんどね
　でも全員じゃない。
夜　急ぎなさい、娘たち
　大切な遭難者たちを全員引き上げるのです
　どす黒い水の淵からかれらの痛々しい死体を救い出すのです
　次から次へと流れてゆく死体をわれわれの寛大な保護の下に連れ戻すのです。
　急いで行きなさい、雲たち、娘らを手伝っておくれ
　もうすぐ次の人生が始まろうとしているのですから！
復讐の女神たち　やれやれ！　息が切れる、まるで年老いたカモメがへとへとになっているみたいだ
　水に潜り、宙を舞い、探し出して、引き上げた
　そして、すべての死体がここに横たわっている
　岸辺に横たわり、虚無から抜け出そうとしている
　まるで生まれたての子供たちがさまようかのごとく。

アイスキュロスよ、おまえが探しているのはおまえ自身ではないのか？
アイスキュロス　手帖！　鉛筆！　メモしておかないと
死ぬのはこれが初めてだ！
ほらね！　わたしは何を言っていたっけ？　斧がたった今落ちてきた
話の流れが途切れてしまった。すさまじかった。
「大自然」のなかの穴、ドーンと落ちた
死ぬと思った、
その瞬間、息が止まって、目が覚めた
――われわれは目覚めた――
わたしの耳元で空が呼吸し、至るところから流れ星が
尻尾を広げ、腹を白くして、手にはパンをもって、力一杯駆けてくる……
そしてわれわれも、純粋無垢な空間のなかでは非常に小さなリスのように見える
わたしには分かる、地上でのわれわれの年代記は終わったのだ
死は一瞬のこと！　すばらしかった！
そのスピードはどんな心理よりも速い
車輪が一回転し、フッと!!!　死は過去のものとなる、われわれは
ずっと前から死を超越し、蘇生し始めていたのだ。
今は、その後ということ
人が思い描いてみるようなことではないのだ

胸のなかでは、旗がはためくように、再び心臓が脈打つ。
一見すると、舞台装置はとても控えめだが
ここではすべてが完全だ。空だって？　絶対だ。
宇宙？　わたしなら、果てしなく広がる黒いビロード、と言うだろう。

合唱隊
もはやわれわれが「地上」にいないことなど、わたしにはちゃんと分かっている
でも、わたしは知りたいのだ
どこだ、どこにいる？　ここはどこなんだ？　われわれはどこに向かっている？
誰なんだ？　どうなっているんだ？

夜
着きましたよ。
あなたたちは、わたしの無限の大陸にあるご自分の家にいるのです
角も、曲線も、端もなく、すべては光の反射に過ぎません
ここは黒いビロードの都市《まち》
プレイアデス〔アトラスとプレイオネの星になった七人の娘たち〕と真っ赤なアルデバラン
〔牡牛座のアルファ星〕のあいだに広がり
となりの星までほんの数十万年というところ
そこを通るのは、物思いにふけって微笑む長い首のお月様。

合唱隊
わたしには何も見えない！

夜
アイスキュロス、蠟燭を消しなさい、そのせいで、宇宙全体が見えないのよ。

（アイスキュロス、火を消す）

合唱隊　ああ！　そこだ！　見える、地球がほのかに輝いている！
ああ！　地球よ！　おまえが見えるぞ！　わたしのいなくなった地球が！
遙か彼方にぼんやりと浮かぶオレンジ
何という悲しげな驚異、何という驚異的な悲しみ
星座と星座のあいだをゆっくりと通過する地球を見ることは
まるで、昔見たおぼろげなオレンジを見ているようだ
空の青、すっきりとした青、海の青、きらめくような青
全然黄ばんでなんかいない
ああ、悲しみから遙か遠く、もうわたしは苦しまない！
…………
考えてもみなさい、昨日まで、壊れた堰から死がわれわれの上に頭を延ばしていて
われわれは、幾重にも続く恐怖の襞のなかを
縫うように進む蟻だった
そんなわれわれを洪水が襲った。もみくちゃになって、溺れ、バラバラになって
われわれは死んだ。いや、むしろ流れていったと言うべきか
そして今、自分が死んでいるとはまったく思っていない。
…………

わたしもだ。どんな軽やかさよりも軽やかに
使い古した手持ちの言葉を携えて
あなたの黒いビロードの巨大「都市」にわたしは裸足で入って行く
無限を前にして、わたしは怖じ気づいたりはしない。

…………

自分が死ぬと分かっていれば
「遺言書《テスタマン》」を作っておけたのに
でも、わたしに何が残せたというのか
わたしにあったもの、それは自分の血と自分の思考だけだった。

…………

ああ、悲しみが見事になくなっている!
ああ、地球よ、愛しい極上のオレンジよ、
わたしは、おまえという球体に、優しい眼ざしをふんだんに投げかける
昨日まで、おまえが好きではなかったが、今はおまえがとても恋しい
奴らがわれわれに起こることを知っていたら
われわれを殺しはしなかったはず
正義への愛は、われわれが地球を失うことに値したのだ
その代わり、戦争のない「天上都市」がもたらされた
すべては視点の問題で

ここからなら、「偽りの証言をしたあの都市」がよく見える
昨日までは、それほどよくは見えなかった。

…………

こんなに違うこの二つの「都市」を見比べる人など絶対にいない
だから、わたしは「都市《まち》」を遠くに眺めながら、あなたに紹介したかったのだ
「夜」という、あなたと同じ名のこの「都市《まち》」を
だが、それはまた今度にしよう。
あなたもここに来れば、見えるだろう。それはとても気高くて、まばゆく、愉快で、可憐で、明るく、背が高く、堂々としていて、生き生きとした婦人
そのあいだも、下のほうでは、死が狂乱を極め、
牢獄、広場、宮殿、橋の至るところで、足を踏みならしている
そして、すべての縫い目が裂ける音が聞こえる
「憤激の声」が日増しに高まり
われわれの光輝やく耳にまで達している
それぞれの道が、それぞれの車が、それぞれのバスが
まだ生きている「合唱隊員」たちを運び、彼らの怒り声はどんどんどん大きくなる。
死にそうな何人かは本当のことを見抜いてしまう。
かれらは呟く、そんなことがずっと続くわけはないし、
「都市《まち》」の胎内で

夜

母親

一度沸点に達した苦痛が
恐ろしい溶岩となって吹き出さないようにできるものなどあるわけがない、と。
ああ！　われわれの二つの「都市」はあまりにも似ていない。
母親よ、あなたの声が聞こえない
あなたはそこで勝ち誇り、子猫たちをなめてやったり、顎を甘噛みしたりしているが
何か言いなさい。そうじゃないと、われわれの友人たちが心配してしまいます。
言うべきことはほとんどないのです、ですから、ただ子供をとり戻したことを実感する
ために
なでたりなめたりころがしたり臭いを嗅いだりするのです。
今、わたしは泣いている。今、わたしは笑っている。
死ぬのはやめました。もう次の人生を真似し始めているんです
恐ろしいドラマの主人公でなくなったことがどんなに甘美なことか
そう、わたしは過ぎゆく時間やそのそれぞれの時の色ともう一度対話できるようにしたい
そして、我が子をずっと満喫していたい
わたしは、植物か星か通行人のなかで、形定まらないものでいたい、
わたしは空気を食べ、光を飲むのです。
以前は恐ろしくて泣いてばかりでしたが、それも過去のこと
今は、慰めが欲しいから、自分を責めなくなりましたし
本当に許したいから、侮辱しなくなりました。

だって、許してあげるというのも、一種の侮辱ですからね。

アイスキュロス　あなたたち

母親の言うことを聞きなさい
この後は、喜びがこんなにはっきりと述べられるのを
聞くことなど二度とないのだから。

母親　母親よ、あなたのほうはもっとゆっくり話しなさい、さあ、続けて。

何を言えばよいのですか？
芝居は終わったのです。わたしは金と銀の岩の上に友人たちと座っています。
そして今、わたしは分かっています、口を噤まねばならないことを
下のほうに留まっているみなさんのために
わたしに何ができるでしょう？
いいえ、わたしは忘れなかった。いいえ、わたしは忘れるつもりはない
いいえ、絶望させるものなどなかった
ただ、産む苦しみと産めない苦しみがあっただけ
でも今では、痛みは苦しいものではなくなった
この後、あなたたちのために建ててあげます
沈黙による神殿を
沈黙による法廷を
沈黙による劇場を

でも、わたしがこのような沈黙をすっかり作り出せば
あなた方の内、声を荒げるのはどなたでしょう？
わたしは、自分の言葉を、考えを、激怒を注ぎ込むつもりです
あなた方の足下にある大地のなかに。
しかし、わたしの秘密で膨れあがった大地からは
叫びの木が生えてくるはず。そうでなければ
もはや光に満ちた目をした人間が
この国で成熟することなどないのです。
わたしたちの芝居は終わりました。ですが、あなた方の芝居が始まるのです。
今度はあなたたちの番です、正義が正しく行われて欲しいと要求するのです。
思い出として
あなた方にはわたしのお話を残しましょう、お乳の臭いがする、涙ながらのお話を。
追伸　わたしのほうはあなたたちに忠告しよう。

合唱隊

無能な船長に、命ある船の舵をとらせてはいけない。
さあ、来なさい、真っ赤に輝くわたしの足跡について来なさい

夜

連れて行ってあげます、まばゆいばかりにわれわれが手入れしたあなたたちの住まいに。
行きましょう。来なさい。怖がることはありません。天の床を歩くのはそれほど難しく
はありません
先ず右足を、優雅な動きで上げましょう

それから、少しバランスをとりながら、空中にそっと置くのです
それに続くかたちで、左足も同じようにそっと
そうして、ぶつからないように、ゆっくりと前に進みなさい。
これが天上人の歩みです。

（全員退場）

それでいい！　みんな前進している！
みなさん、上のほうに見えますか？　すごく小さなあの輝きが。
ほら、今かれらは運命に身を任せているのです。
ですが、知っておきなさい、かれらはとても遠いところにいますが
その夢見る眼が閉じられることなど決してないということを。

〈完〉

解題

エレーヌ・シクスーの巻である。彼女の芝居は、もうかなり経つ、新国立劇場が太陽劇団の当時の新作『堤防のうえの鼓手たち』を東京に招聘しているから、当コレクションに収録され、既刊の他の劇作家たちに比すれば知られているほうだろうし（いうまでもなく、現存でないのにコレクションに入れたエメ・セゼールや、現役最古参のヴィナヴェールについては話は別）、細かな紹介は不要と思えるが、それでも、ふれておくべき特性はいくつかある。その第一、最大の要点は、彼女が九〇年代以降に登場した世代の書き手ではなく、まだフランス演劇に「演出家の時代」の徴が濃かったときの作家だということ、それも、彼女が戯曲に頻繁に手を染める時期のテクストは多く太陽劇団のアリアーヌ・ムヌーシュキン、つまり、かの地の演劇のなかでももっとも歴史を問題化し、舞台表現の形式主義的探究を続けながら同時に批判的演劇を創ろうとする演出家との協働のもとに書かれているということだろう。少々常套的な語で形容すれば、現実への眼もエクリチュールの様態も射程もどちらかといえば「六八年五月」刻印的、もしくは、ポスト六八年的である。

むろん、これだけでは紹介にならない。もうひとつの特性は経歴を辿れば浮き彫りになろう。シクスーは一九三七年アルジェリア第二の都市オランの生まれ（いま詳述はできないが、オリヴィエ・ピィが回顧したごとく、アルジェリアは仏領植民地であるのに、単に本土の延長とみなされていた)。父親は北アフリカ系、母親はドイツ系の、ともにユダヤ人である。アルジェで学業後内地に戻り、一方で学者の道を進み、二二歳の若さにして英語の教授資格試験をパス、ボルドー等で教職に就き、博士論文でジョイスの「亡命」の主題を扱う。そして、学位獲得と同年の六九年、小説『内部』がメディシス賞を獲得、作家としてデビューを果たす(ただ、これは処女作ではなく、父親の死をなかなか認められない少女を主人公にした『神の名《プレノン》』なる作が六七年にあるらしいが、同作を彼女は自分の著作から消している)。加え、中心となってパリ第八大学に設立を図った「女性研究センター」を七七年より主導した。制度改革派の大学人にして作家、かつ尖鋭な女性運動家。

　別口であるいはデリダでも想起しようか、本土ではない地、しかもそこが固有場でないという出自がもたらすデペイズマン的屈折から、パリ八の文学教授兼フェミニスト理論家という位置まで、シクスー初期の特権的な関心が父と子、それも娘との「家族」関係という精神分析的な軸をもったことは容易に察知可能だ。事実、劇ジャンルの最初ではないが(七八年に題名がもう同時代風土的、『エディップ、禁じられた肉体の歌』が上梓されている)、彼女が発表し、一定の反響を喚んだ初期戯曲の好例は女性患者の側よりのフロイト批判劇『ドーラの肖像』だった(日本語訳は『ドラの肖像――エレーヌ・シクスー戯曲集』松本伊瑳子・如月小春訳、新水社、二〇〇一年)。小説は数多、論客で、劇作までこなすとくれば、あの頃パリを席捲した知的女性の代表と語るのがまずは基本。それに紛れはなく、ルーマニア出のクリステーヴァと並び、といいたいところなのだが、にもかかわらず、パリ芸術界で「短髪で鋭い顔」の彼女を知らぬ者はいないとボルダス版文学事典が前説を施すほど有名であるのに、その書きものは当人ほど知られてきたとはいいにくいのである。型通りの女性闘士とみられがちなうえ（彼女の書の過半は女性出版《エディション・デ・ファム》の刊行だ）、なお同事典を借りると、彼女自身もいわば読み手に斟酌なく、同一性や起源にまつわる思想を犀利でややもすれば再提起的に言述するという印象で（『ドーラ』がそう）、概ね批評家たちを困惑させてきたというのが世評であり、学者の貌以外、充分な評価を得ていたわけでないことには留意の要がある。

しかし、シクスーは変わる。転機はアリアーヌ・ムヌーシュキンにテクストを提供した八六年初演の『カンボジア王ノロドム・シアヌークの恐るべき、だが、未完の物語』あたりだろう。二人は旧知の間柄だったにはちがいあるまいが（ムヌーシュキンは、最新作のDVDで自分がユダヤ系であることをはじめて公表した）、一方の太陽劇団にとっては八一年からの「シェイクスピア連作」のあと、次の飛躍、当時の用語なら「集団創造」がうまく成立せず、テクストをもとめた。他方のシクスーにとっては、それまでの「ファミリー・ロマンス」的な地平から具体的世界、ないし、現代史に対する視座構築という、俄然、より開かれた位相への転回である。その相互影響のプロセスについては共働者への感謝の念をまじえ、本書には訳出できなかった当戯曲の二〇一〇年版でシクスー自身が詳しく語っているけれども、彼女にとって太陽劇団の毎度変貌する舞台技法とそれを観たくて詰めかける大勢の観客との接触はそれまでになかった契機、新しい現実との対面であり、言語創造にも喝を入れられる刺激だったに相違ない。『シアヌーク』は実に八時間半もの大作に結実する。それ以降、ムヌーシュキン、もしくは太陽劇団との二人乗り自転車《タンデム》は翌年『ランディアッド、または、かれらの夢なるインド』等アジアもの、大革命二百年記念に共作された映画、人権宣言の「八月四日」を描く『奇蹟的な夜』、九〇年代の連作『アトレウス一族』中『エウメニスたち』の翻訳、九九年の『堤のうえの鼓手たち』と続く。その長い協働過程にあって、本訳書の『偽証の都市、あるいは復讐の女神たちの甦り』は九四年初演、訳文が底本にしたのはそのときの版、舞台はこれまた二晩ものの超大作である（この戯曲にはほかに複数のヴァージョンがあって、そこには追加などがあるが、全部を点検するのはとても叶わず、訳文には大事と思える書き加えを一箇所だけ挿入した）。

シクスーの劇テクストのうち、これをコレクションに選んだ理由ははっきりしている。ムヌーシュキンとシクスーが協働作業を通じて追究してきた最大の命題は「悲劇」と歴史劇の融合は現在可能かという問いに尽きる。むろん簡単に答が出るわけもない同命題に応えるべく二人は、あるときは中国を含むアジア政治を題材化し、反面でアイスキュロスに戻るなど、さまざまな状況と場処を函数に試みを継続してきたが、『偽証の都市』がもっともアクチュアルな物語で、場所も架空だとはいえ、彼女らにとっての現世界、起源から今日までの西欧、つまり、世界史だからである。こういう区分は語弊があるにしろ、このテクストは完全に現代劇、政治劇とも資本主義批判劇とも、ひるがえって、女性の「愛」、女性性の劇だともとれる多義性をもっている。作者自身がいうように、柱はずばり「血」という同一性の極をめぐり、実在した出来事、「感染した血液事件」を枠組にこの第一世界で現在完全に見捨てられた存在「ＳＤＦ」（日本でいう「ホームレス」のことだが、それとは語感が大いに異なる）の運命を前景にしてもいる（クロード・コンフォルテス著『フランス語の現代演劇総覧《レペルトワール》』はこれを「悲劇」と定義した。差し支えはない。ムヌーシュキンはかつて「ひとは舞台で血を見たがってきた」といったことがあるけれど、この劇にその意味での流血はないにせよ、もっと本源的な「血」が論議に付される。その脈絡において、これは悲劇、というか、悲劇的想像力の再奪取、再生なのだから）。

残る紙幅はあまりないが、枠組のモデルとなった「感染血液事件」について事実をかいつまんでおく。作者が述べるとおり、八〇年代劈頭に発見される疫病「エイズ」と無縁ではない、この病いの起因がウィルスだと突き止められるのは間もなくであり、フランスで輸血によるエイズ・ウィルス伝播の可能性が確実に分かるのは八四年、行政府から同ウィルス陽性者からの輸血や献血は用心との通達が八三年六月には出ていた。ところが、一部公的機関では採血が旧状のまま続けられ、翌年末に問題のウィルスが加熱で不活発になることが判明はしたものの、八五年まで格別の処理なしに血液製品が提供された。八五年六月、当時の社会党首相ローラン・ファビウスが血液提供者の強制検診を行なうと発表したものの、依然非加熱血液製品は流通した。通達がすでにストックされた製品には不問で、おまけに、加熱処理に当れる企業が限られており、なによりも在庫の血液製品が三千四百万フランにも相当する資本だったからである。端的に経済的動因が優先されたことになる。ところが、この八四年より次年に至る危険性周知の不徹底と検査厳密化の遅れはまさに致命的で、フランスの血友病患者の半数はこのあいだに問題のウィルスに感染してしまっていた。その数約二千といわれる。事態が一般に知られるのは八六年あたりからだが、ついに九一年、女性記者アンヌ＝マリ・カストゥラが週刊誌『エヴェヌマン・デュ・ジュディ』で「国立輸血センター」が八四年から八五年末までの血友病患者への輸血にはエイズ・ウィルスが入っていることを関知していたとスッパ抜くに及び、ことは国家的重大事件に発展した。九二年に共和国高等法院で医師団に元「国立輸血センター」所長を加えた裁判がはじまり、一審で所長は実刑四年と五〇万フランの罰金、他の国家官僚らも多く実刑判決を受けはしたにせよ、が、上訴審で減刑され、刑の確定をみた者はいても、大半は執行猶予付きで、実状は軽微な刑に留まった。他方、ファビウス、元社会問題相、厚生省閣外相ら三名も三人の患者を死に至らしめた廉で九九年に裁判所に出頭を命じられたが、中途の込み入る経緯（元社会問題相の女性は自分には

「責任はあるが、有罪ではない」と陳述し、当時大評判の名言となった）や理由はさし当たり措くとして（いわゆる高度の政治的判断というやつだろう）、二〇〇三年の破毀院の最終判決によって全員公訴棄却という結果となった。これがあらましである（Cf.《Affaire du sang contaminé》、http://fr.wikipedia.org/wiki/Affaire_du_sang_contamin%C3%A9)。シクスーがテクストを書いたのは大筋九三年だろうから、すべての結末を知っていたわけではないはずだが、要するに、事態はひとの命と生存に対する国家犯罪であり、それをいち早く彼女は看破、重大性を弾劾したということになろう。ことごとくがコスト優先で進む資本が領導する現世界への断固たる警告と批判を事象の焦点に据えながら、ことをさらに巨大な物語へと仕立て直した。それがこの劇である。わたしはまさか自分が訳に携わることになるとは思いもしないであのとき舞台を観て、そのスケールに圧倒されつつ、ＳＤＦの問題など多々考えさせられたが、今回再度テクストを読んでみて、近未来の予言まで備えた大胆で、かつ、文字通り危機的《クリティック》な劇を書いたものだとあらためて認識した格好。

さて、訳はもともと高橋信良担当予定であった。だが、あいにく現在の大学人は学務他超多忙であり、わたし佐伯隆幸が、当コレクション編集代表ということもあって、急遽手伝う仕儀となった。高橋がすでに劇テクスト訳素案はつくっており、それを佐伯が遠慮なく添削、原文冒頭の散文のほうは佐伯が新規に訳し、それを高橋が同じく遠慮なく手を入れ、それを二往復、最終的に両者共同討論で丁寧に訳語などの確定をした。「血液」事件がユダヤ人の問題に繋がるかどうかはわたしにはいま即断不能だが、テクストは詮ずるに「悲劇」の再生が目論見、従って、技法は手が込んでいるし（この点の咀嚼は高橋信良に拠るところが大きい）、なによりも長編である。

二人でこなすのも時間を喰ったことは喰った。訳者らの「タンデム」もきつくなかったとはいえない。そのなかで訳文づくりは最善を尽したつもりだが、なお思わぬ不覚もあろう。その点はご寛恕を。ともあれ、殺さないために万事を徹底したのでないとすれば殺したことと同じだという「復讐の女神たち」まで登場させたこの作品は現在のわれわれの状況にも通底するアクチュアリテをもっていることが次第に確信でき、作業は楽しかったとわたしとしてはあえて付言したい。解題はシクスーがらみも含め太陽劇団の結構な量の舞台を観ていることで、佐伯が書くことにした。

二〇一二年五月、あらゆる当事者らが上にいけばいくほど「責任はあるが、有罪ではない」といいたげに、すべての難題を放置する場所、東京で事態を睨みつつ。

（佐伯隆幸）

エレーヌ・シクスー Hélène Cixous

1937年、旧フランス植民地アルジェリアのオラン生まれ。元パリ第8大学英文学教授。小説家、評論家、劇作家。尖鋭な女性運動家の一人と目される。本作以外の戯曲には『ドーラの肖像』、『盗賊の女王』、『カンボジア王ノロドム・シアヌークの恐るべき、だが、未完の物語』などがある。

佐伯隆幸（さえき・りゅうこう）

1941年生。演劇評論家。学習院大学名誉教授。著書『異化する時間』（晶文社）、『「20世紀演劇」の精神史』（晶文社）『最終演劇への誘惑』（勁草書房）、『現代演劇の起源』（れんが書房新社）、『記憶の劇場・劇場の記憶』（れんが書房新社）。編訳書にA・ムヌューシュキン『道化と革命』（晶文社）、訳書に『コルテス戯曲選』（共訳。れんが書房新社）、ファン・テン・ドリス他『ヤン・ファーブルの世界』（共訳。論創社）など。

高橋信良（たかはし・のぶよし）

1962年生。パリ第3大学演劇研究科DEA取得。千葉大学准教授。フランス演劇・比較演劇専攻。著書『安部公房の演劇』（水声社）、『フランス文化55のキーワード』（共著、ミネルヴァ書房）。訳書にヴィアラ『演劇の歴史』（文庫クセジュ、白水社）、スマジャ『笑い――その意味と仕組み』（文庫クセジュ、白水社）、ファン・デン・ドリス他『ヤン・ファーブルの世界』（共訳、論創社）など。

編集：日仏演劇協会

編集委員：佐伯隆幸

齋藤公一　佐藤康　高橋信良　根岸徹郎　八木雅子

企画：アンスティチュ・フランセ東京

（旧東京日仏学院）

〒162–8415

東京都新宿区市ケ谷船河原町15

TEL03–5206–2500　tokyo@institut.jp　www.institut.jp

INSTITUT FRANÇAIS

アンスティチュ・フランセ東京

JAPON - TOKYO

コレクション　現代フランス語圏演劇 03
偽証の都市、あるいは復讐の女神たちの甦り
La Ville parjure ou Le réveil des Erinyes

発行日——2012年8月30日　初版発行

*

著　者——エレーヌ・シクスー　Hélène Cixous
訳　者——佐伯隆幸・高橋信良
編　者——日仏演劇協会
企　画——アンスティチュ・フランセ東京（旧東京日仏学院）
装丁者——狭山トオル
発行者——鈴木　誠
発行所——㈱れんが書房新社
〒160-0008　東京都新宿区三栄町10　日鉄四谷コーポ106
TEL03-3358-7531　FAX03-3358-7532　振替00170-4-130349
印刷・製本——三秀舎

©2012 * Ryuko Saeki, Nobuyosi Takahashi ISBN978-4-8462-0387-0 C0374

コレクション 現代フランス語圏演劇

黒丸巻数は発売中

1 A・セゼール　クリストフ王の悲劇　訳＝根岸徹郎

❷ M・ヴィナヴェール　いつもの食事　訳＝佐藤康
2001年9月11日　訳＝高橋勇夫・根岸徹郎

❸ H・シクスー　偽りの都市、あるいは復讐の女神たちの甦り　訳＝高橋信良・佐伯隆幸

❹ N・ルノード　プロムナード　訳＝佐藤康

P・ミンヤナ　亡者の家　訳＝齋藤公一

❺ M・アザマ　十字軍／夜の動物園　訳＝佐藤康

6 V・ノヴァリナ　紅の起源　訳＝ティエリ・マレ

7 E・コルマン　天使たちの叛乱／フィフティ・フィフティ　訳＝北垣潔

❽ J＝L・ラガルス　まさに世界の終わり／忘却の前の最後の後悔　訳＝齋藤公一・八木雅子

❾ K・クワユレ　ザット・オールド・ブラック・マジック
ブルー・ス・キャット　訳＝八木雅子

❿ J・ポムラ　時の商人／うちの子は　訳＝石井惠

⓫ O・ピィ　若き俳優たちへの書翰　訳＝齋藤公一・根岸徹郎
お芝居　訳＝佐伯隆幸

12 M・ンディアイ　パパも食べなきゃ　訳＝根岸徹郎

⓭ W・ムアワッド　沿岸　頼むから静かに死んでくれ　訳＝山田ひろ美

⓮ D・レスコ　破産した男　訳＝奥平敦子／自分みがき　訳＝佐藤康

15 F・メルキオ　セックスは時間とエネルギーを浪費する精神的病いである／ブリ・ミロ　訳＝友谷知己

⓰ E・ダルレ　隠れ家／火曜日はスーパーへ　訳＝石井惠

＊作品の邦訳タイトルは変更になる場合があります。